东　西 / 主编

途中转折

陆辉艳　著

广西当代作家丛书（第五辑）

广西人民出版社

图书在版编目（CIP）数据

广西当代作家丛书．第五辑．途中转折 / 东西主编；陆辉艳著．—南宁：广西人民出版社，2022.11
ISBN 978-7-219-11462-9

Ⅰ．①广…　Ⅱ．①东…　②陆…　Ⅲ．①中国文学—当代文学—作品综合集—广西　②诗集—中国—当代　Ⅳ．①I218.67

中国版本图书馆 CIP 数据核字（2022）第 204799 号

GUANGXI DANGDAI ZUOJIA CONGSHU（DI-WU JI） TUZHONG ZHUANZHE

广西当代作家丛书（第五辑） 途中转折

东　西　主编

陆辉艳　著

出 版 人　韦鸿学
策　　划　罗敏超
统　　筹　覃萃萍
责任编辑　覃萃萍
责任校对　庞　睿
封面设计　翁襄媛

出版发行　广西人民出版社
社　　址　广西南宁市桂春路 6 号
邮　　编　530021
印　　刷　广西民族印刷包装集团有限公司
开　　本　787mm × 1092mm　1 / 16
印　　张　17
字　　数　184 千字
版　　次　2022 年 11 月　第 1 版
印　　次　2022 年 11 月　第 1 次印刷
书　　号　ISBN 978-7-219-11462-9
定　　价　48.00 元

“广西当代作家丛书（第五辑）”
编委会

总 序

从2012年党的十八大召开到2022年党的二十大召开，这段历史，在党的二十大报告中，被称为“新时代十年的伟大变革”。这十年，以习近平同志为核心的党中央团结带领全党全国各族人民，迎来了中国共产党成立一百周年，中国特色社会主义进入新时代，完成脱贫攻坚、全面建成小康社会的历史任务，实现第一个百年奋斗目标。历史性的胜利，彪炳史册。

这十年，也是中国文学界牢记习近平总书记嘱托，坚持以人民为中心的创作导向，从“高原”持续向“高峰”攀登的十年，是“文学桂军”锐意进取，不断夯实基础、壮大实力、提升影响的十年。

2001年至2012年，广西作家协会在自治区党委宣传部的大力支持下，精心组织，陆续编辑出版了“广西当代作家丛书”一至四辑共80卷本，80位广西当代有成就、有影响的作家入选该丛书，成为中华人民共和国成立以来广西文学界规模最大的文化积累工程，此举备受国内文坛瞩目。可谓功在当代，利在千秋。

从2012年至今，刚好十年过去。“文学桂军”在小说、报告文学、诗歌、散文、儿童文学等体裁创作上，又涌现出一批具有全国影响力的代表性作家，少数民族作家队伍的创作实力在全国处于领先地位。国运昌盛，文运必兴。编辑出版“广西当代作家丛书（第五辑）”，推出新一代广西作家，成为文学界共同的期待。

十年来，得益于自治区党委、政府的关心支持，得益于自治区党委宣传部的正确领导和大力扶持，“文学桂军”呈现出良好生态和健康发展势头，一批作家频频在全国重要文学刊物亮相，一批有分量的作品在全国各重要出版社出版。陶丽群获第十一届全国少数民族文学创作骏马奖，红日、李约热、莫景春获第十二届全国少数民族文学创作骏马奖，朱山坡、李约热分别获第七、第八届鲁迅文学奖提名，东西的长篇小说进入第十届茅盾文学奖前20名。十年来，据不完全统计，广西作家出版长篇小说、中短篇小说、散文、诗歌、儿童文学、报告文学等专集选集共600多部。一批作品获广西文艺创作铜鼓奖，《人民文学》《小说选刊》《民族文学》等刊物年度优秀作品奖，以及《小说月报》百花奖、花城文学奖杰出作家奖、郁达夫小说奖、茅盾新人奖、《雨花》文学奖、华语青年作家奖、《钟山》文学奖、《儿童文学》金近奖、“小十月文学奖”佳作奖、华文青年诗歌奖、三毛散文奖、冰心散文奖等，入选各类文学排行榜。“文学桂军”已然成为家喻户晓、有全国影响力的响亮品牌。

为进一步繁荣广西文学事业，全面展示党的十八大以来广西文学创作的丰硕成果及新时代广西作家的精神风貌，广西作家协会决定组织出版“广西当代作家丛书（第五辑）”。

该丛书的入选作者须具备三个条件：一是作者须为广西作

家协会会员，中国作家协会会员优先；二是近年来创作成绩突出，曾经获得全国性文学奖或自治区级文学奖；三是个人创作成绩显著，作品在全国重要刊物发表。在广泛征求意见基础上，经各团体会员推荐、广西作家协会主席团会议酝酿讨论，实行无记名投票推选，共评出入选作家20名。田耳、田湘、王勇英等作家，由于作品版权原因，遗憾无法纳入本次选编。一批作家近十年创作成果丰硕，由于已经入选前四辑丛书，本次不再选入。

习近平总书记指出，文运同国运相牵，文脉同国脉相连。文化兴则国家兴，文化强则民族强。当代中国，江山壮丽，人民豪迈，前程远大。时代为我国文艺繁荣发展提供了前所未有的广阔舞台。文章合为时而著，歌诗合为事而作。衡量一个时代的文艺成就最终要看作品。推动文艺繁荣发展，最根本的是要创作出无愧于我们这个伟大民族、伟大时代的优秀作品。没有优秀作品，其他事情搞得再热闹、再花哨，那也只是表面文章，不能真正深入人民的精神世界，不能触及人的灵魂、引起人民思想共鸣。习近平总书记关于文艺工作的重要论述，已经成为广大文艺家的自觉遵循，内化于心，外化于行。收入本辑丛书的作品，内容丰富，题材广泛，风格多样，在记录伟大时代，反映现实生活，讴歌人民创造等方面，用心、用情、用力，很好地体现了以人民为中心的创作导向，集中展示了祖国南疆新时代蓬勃多姿的文学景象。

习近平总书记在党的二十大报告中指出，推进文化自信自强，铸就社会主义文化新辉煌。全面建设社会主义现代化国家，必须坚持中国特色社会主义文化发展道路，增强文化自信。坚持以人民为中心的创作导向，推出更多增强人民精神力量的优秀作品，培育造就大批德艺双馨的文学艺术家和规模宏大的文化文艺人才队伍。这为新时代新征程的文化建设和文艺创作指出了正确方向，提供了根本遵循。

当前，全党全国各族人民正在深入学习宣传贯彻党的二十大精神，满怀信心向第二个百年奋斗目标迈进。编辑出版“广西当代作家丛书（第五辑）”，可谓正当其时，也是贯彻落实《中共中央关于繁荣发展社会主义文艺的意见》和《中共广西壮族自治区委员会关于繁荣发展社会主义文艺的实施意见》，用文学助力建设新时代中国特色社会主义壮美广西的最新成果。

伟大时代必将激励、孕育伟大的作家和作品。希望广西作家和文学工作者，坚持文化自信，做到文化自强，坚守艺术理想，追求德艺双馨，不断增强脚力、眼力、脑力、笔力，以刚健、厚重、先进、质朴的创造抵达伟大时代的艺术高度。诚如中国文学艺术界联合会、中国作家协会主席铁凝所寄语的那样：广西文脉深厚、绵长，新时代新征程上，相信广西作家能以耀眼的才华编织崭新“百鸟衣”，描绘气象万千的“美丽的南方”。这是时代赋予我们的责任，唯有俯下身子，深入到火热生活中去，深入到人民中去，不断学习，不断攀登，以作品立身，以美德铸魂，方能不负时代，不负人民。

是为序。

石才夫

2022年10月31日

CONTENTS 目录

空中跳舞的人／

003 条纹
005 白鹭
007 简单生活
009 薄暮
011 缓冲
012 上海记
013 路过广州大剧院
014 过程阳风雨桥
016 中午的梦境
017 在东莞
018 旋涡
020 经过戒毒所
021 蜘蛛
023 在云杉坪看到的雪山
024 有时是
025 东巴文：一个打铁的人
027 小镇
029 闪电
031 纠正
033 回声
034 瓜蒌
035 在更望湖

037　空中跳舞的人
039　牧草在风中起伏
040　仁慈的生活
041　生活需要一个起钉器
043　时间的力
045　飞行途中
047　牛皮鼓与针尖
049　对　话
——仿斯特兰德
051　移　动
053　仿佛窥探者
055　过万年桥
056　瞬间的千金镇
057　完整的
058　某天黄昏
059　雪　中
061　谜　底
062　我哭泣
064　在虎跳峡
065　幸　好
066　棋逢对手
068　在廖次村
069　格柴村的早晨
070　空街道

界限／

073 有翅膀飞过的窗口
074 陡 峭
076 余 生
077 在洛古河岸
078 漠河印象
079 指 引
081 灰 雁
083 端 午
084 黄河边上
086 在雨中
088 看 见
090 桉树林在出汗
092 多年前的一天
093 花果山记
094 悬 崖
095 空 白
097 漂亮的伤口
098 界 限
099 被集中的土地
100 暮至黑山头

101　渡　口
102　意　义
104　雨天，和挖沙船有关的一首诗
106　南　风
107　上河城
108　苎麻地
110　林中空地
112　中转，或转折词
114　记　住
115　一个斜坡往上的村庄
116　暴雨来临前
117　回到小学校园
118　猫儿山以东
119　淤　泥
120　大不界山
122　飞　翔
123　陌生的田野
125　去南城

所有的夜晚／

129 南方来信
131 一 度
132 命 名
134 逆 向
136 在南宁港空寂的码头
138 声 音
139 强迫症
140 乌托邦的孩子
141 前进的，后退的
143 像是花瓣
145 一年春天
147 收割之后
148 时间草本
150 站在废弃的巷子里
152 落日不能阻止一艘挖沙船的轰鸣
153 沙洲上
154 颧 骨
155 经 验
156 弃婴公告
157 世间的事
158 在理发店
160 戒备之心
162 香 椿
163 剪 影
164 父 亲

165　在废弃铁轨旁
166　反　派
167　壁　虎
169　白　纸
170　假日洲
171　最好的风景
173　39岁那年的母亲
175　妇科病房
176　礼　物
178　大苹果
179　光
180　虎刺梅
181　凌晨两三点
182　反　面
184　只差一步
185　所有的夜晚
186　搬　离
188　叙　述
190　落　日
191　心中的灰熊
193　雕　像
194　透明佛
195　生活已不能对称
197　露天电影
198　豹　子
199　湾木腊密码

途中转折 /

203 途中转折
205 缺 席
207 造型师
208 有一次
209 听邻人讲述的事件
211 最后一块长草的土地
213 银河之夜
214 我的河流
215 父亲深夜来到我家
217 她弯着腰，度过了她肉体的一生
218 失眠诗
219 上尧码头
220 高处和低处
221 自然的方式
222 迁 徙
223 土地有它自己的脾气
224 奶 奶
226 发 言
227 父亲来电

229　引　力
230　他的手使一盆水升温
231　清　晨
232　木　匠
234　渐　变
235　空缺之诗
236　我有一列火车
238　正是如此
239　今天是安静的
240　梭罗邀我去湖边耗散时光
242　想走到沙漠深处
243　集装箱房子
244　去渤海的路上
245　幸福和深渊
247　盐碱地
248　营地日记（节选）

253　后　记

空中跳舞的人

条　纹

“并非一切都是黑白的”
古老的格言，还是令人
不能避开意义

当我身上覆盖条纹
出现在森林
狂野地奔跑——
一只拒绝驯服的斑马
“并非一切都是黑白的”

意义反复消失
在这些虚无的赋予
和命名上，这多像命运
小丑，囚徒，时尚主义者

病患，落入风尘者
都曾穿过同一件条纹衣服

“并非一切都是黑白的”
犹如绳索之于囚笼或船渡
犹如永恒的黑暗之于人类或鳟鱼

白　鹭

一只白鹭毫无征兆地出现在我的生活里

那天清晨，天空明澈但太阳尚未升起
我和孩子在湖边行走
一只黄嘴白鹭，哗地从草丛中飞起
滑向湖的对岸，又一次次
向我们飞来。接着出现了第二只，第三只……
一群白鹭从草滩冒出来
沿湖岸扇动翅膀。当它们累了
漫步在浅水中觅食，动作如此优雅
像在提醒一种粗糙的生活

我们站在那儿，很久也没有离开
返回途中，孩子仍在兴奋地谈论
他感谢这天的奇遇，因为接下来

他在日记里将有一页轻盈的飞翔
而我向孩子的父亲描述这一切
告诉他那群白鹭，是如何突然闯入我们的生活

但是第二天，当我独自一人
走上那条湖边小径——
再也没有白鹭。湖水平静深邃
在阳光下泛着光，仿佛那群白鹭
从未出现在那个早晨，而我们
也从未在某个瞬间，经过长满水草的湖边

简单生活

一个阴沉的下午，波浪反复
冲刷着邕江江岸。气温很低
干枯的芦苇如静物
在风中异常显眼

一个男人，将椅子放置在河水中
然后坐下来，开始垂钓
好几次，扑过来的浪花
快要灌入他及膝的水靴

我在护栏边伫立
以为冷风可以让自己
更清醒地生活，像那个——
在刺骨江水中垂钓的人

于是我往回走，带着仿佛
被理解的些许欣慰
途中看到更多的人，在水中垂钓
——他们为了收获
更多深水中的鱼。仅仅是这样

我记得那天下午我是怎样
穿过草地，轻快地离开江岸
为自我的一次纠正：那被过度解读的世事
那曾短暂亲近天空，最后落入筐里的鱼

薄　暮

光线将身影投在礁石上
像另一个自我，摆脱了荆棘
变得幸福、通透

薄暮比内心更温柔
当我们注视河面，影子也在注视
万物在逆光下清晰的轮廓

红水河无声流淌，石阶在炎热空气中
延伸至岸边的礁石
有人坐在那上面，望着远处
沉寂的黄昏里，或许这是一个
陷在某段往事中，不再与孤独产生对立的人
如一尊雕塑，如语言无法到达的地方

这让人难以平静，那些看不见的
才是我们独自经历，可以被证实的生活

河中心，一群游泳的人借助浮球
很快游到了对岸
——我们没有浮球，可以试探河水
证实你我也曾与波澜相处
只有突然的鸟鸣声，提醒着
时间在此地而非别处

那从水草间荡漾的秘密
曾短暂地减轻过我们自身的重力和恐惧

缓　冲

一排挖掘机，停在一个新的楼盘前
黄色铲斗垂下来，像在集体给大地鞠躬
它们埋着头，改变了这世界
而我埋着头，却难以改变微小的部分

……这多么悲伤，并不因事物生发类比
时间强大到可以改变万物的旅程
以至于古老情绪的触角，仅能触及有限的
认知：如此狭隘，通往光芒的入口
在热闹的尘世之外
因而我一次次俯身，为写下的某个句子
制造自动回归的合页，以缓冲身体里
日益密集的狂风和记忆

上海记

印满枫叶的街道，湿漉漉的
陌生的静安区。延长路。
高大的枫树，它们密集的枝丫规划着天空
门窗紧闭的店铺，没有一双
适合我的鞋子。我拖着行李箱
穿过地铁站，听见轮子的咕噜声和雨声
混在一起，并没有特别的意义
也从未有某个特别的人出现在这里
我只记住了那个傍晚
那从玻璃门后透出的暖黄色灯光
和空中不安的交织的雨线
像某种命运附加在我的一生中

路过广州大剧院

阳光照耀过的事物，在各自的边际
留下踪影。广州大剧院的门
已经关上。广场空无一人
仿佛一场演出早已散场，空旷中
反弹着虚无的回音。我站在玻璃幕墙外
每一面镜子，都有一个多棱的我和世界
在被复制，被设定。时间的剧场
记录着梦境，和一张旧海报上
迷雾般的森林。人群经过
气息和色彩的碎片，为空气短暂收藏
它们负责唤醒世界的通感
而头顶，遥远的星球寂静、恒定
从未有过时间

从未有过界限

过程阳风雨桥

雨落在廊桥的瓦片上
如某种打击乐，带着树木
和岩石的气息。我录下了那风雨声
仔细听，又仿佛一群人
越来越密集的耳语。雨并不为
某个特定的人而下
但的确是突然的一场雨，让众人聚集
在这座风雨桥上

它内部的木梁，交错纵横
如一张巨大的蛛网
悬于我们头顶。而当你望向桥檐
真的有一张倾斜的蛛网
沾着雨丝，从檐角垂下来

从蛛网中是否可以探寻生活的答案？

风雨桥上，一场风雨刚刚过去

蜘蛛正修补其中一小块残缺

中午的梦境

我不确定，这是不是梦中的
一场大风，在持续不断地吹着
来不及关上的木窗，发出哐当的响声
时间紧绷在那儿——

坐在书桌前恍惚翻开一本书
房东也许刚刚来过，似乎是十年前
被生活这无形的黑洞牵引
顾不上思考。直到一场大风的到来
为这些奋力碰撞的树叶，这些寂静
在一只鹧鸪鸟站过的
中午的阴影里，我从这首梦境之诗醒过来

在东莞

栖息在立交桥上的最后一盏路灯
合拢它困倦的眼睑。我的脚步沾了尘土
在南城汽车客运总站，有着无数公交车站牌的
候车区，我坐在一块光滑的
照出天空的大理石阶上休息
那时我并不熟悉一个陌生城市的地名
我的身影犹疑，刚好遮住石阶上
一朵斑斓的乌云——

旋　涡

用石头将奔流的江水
引到岸边，改变方向的水流
很快形成了旋涡
随便扔下一根草茎
看着它迂回，旋转
因为牵引和惯性
你丝毫察觉不出它的对峙
就那样，一根草茎轻易被卷入旋涡
最后消失在浪花中

这反复进行的童年游戏
让我认识了最早的黑洞
它的神秘和惊心动魄
长久吸引着岸上观察的我

有时，一场雨下在江面
无端成为引力的一部分

没人知道旋涡中的草茎经历了什么
我们描述的每一场风暴
它的中心，都端坐着一个神
安静、理智，我们无法看见
直到亲自到达它的内部
成为它的一部分

经过戒毒所

黑色的电缆，缠绕在两根电线杆之间
凌乱，毫无规则
像孩子画在空中的线条
作为一个有强迫症的人
每次经过，心里都会生出一块橡皮
想要修正我们认为的不正确

但是否可以戒掉世界的虚幻？
时间的雨滴，悬在电线上
映照着尘世
有人仰头站在那儿
只是为了等雨滴落下来

蜘　蛛

在老房子昏暗的光线中
一只蜘蛛静止在墙角
它把网固定在墙缝、画框
和黑白电视的两根天线上（它们已无法接收外界的信号）
而对于一张蛛网来说，这应该是
理想的样子：规则，细密而牢固
有对抗不测的多重依附
如果将蛛网用放大镜无限放大
那无疑是一张银色渔网，是父亲
曾在无数个阴雨天
反复织补的那一张
但父亲不是蜘蛛。他不可能一遍遍
重新修补自己的生活

如果蜘蛛的出现是一种隐喻
父亲则身处一个想象之外的世界
——那里时空转折，语言
顺从弯曲的路径，不曾被理解

在云杉坪看到的雪山

山顶的积雪，和白云连在一起
山峰变得更为孤寂
它在它自己不可与众人享的无言里

我仍然没有到达山顶
神圣的事物，可以遥远地望见
此行就足够了

当我回头，一棵云杉
塔尖一样升起的树冠，在雪山闪耀之中
如此真实，不再需要保存意义
我的脚步突然变得轻快，如风过湖面，如有神助

有时是

通常是无所归的——
道路的空。天空的空。手伸出去而脸庞
消失的空。风与镜子的空

通常是具体的——
位置的空。屋宇的空。凌晨时流浪犬跑过街道
叼走影子的空。枝头与果园的空。

有时是这样——
一只蜘蛛停在杂草间，因为年老
而失去结网能力，它将自己
挂在空荡的草茎上，未留下一根蛛丝

东巴文：一个打铁的人

呼唤出那在象形文字里沉睡的鸟儿
那自北边雪山方向流到南方的水流
呼唤出一张未拉满的弓
和茂密森林中一头野牦牛的慌乱和奔跑

呼唤出那在古城墙上载歌载舞的人
播种的人，舂碓的人，祭祀的人
月下做梦的人，织布的人
风雨来临前听到好消息的人
呼唤出他们的山川日月
人世的喜乐爱恨，生之命运

呼唤出那个在石头里打铁的人
木片上打铁的人
那在兽皮上、骨头上、东巴纸上打铁的人

是的，他们是同一个人
他们共同锻打出纳西人久远的记忆和星空

而描述故事的人还在路上
她需要从这些神秘的符号中
找到她所需要的意象、工具、词语和火候
在一首诗里，持续不断地打铁

小　镇

是不是所有的小镇
通往医院的街道，都是阒静的

我走在上小学时走过的路上
银杏树叶落了满地
我却从未见过它的果实
挂在树上的样子
木门虚掩，雕花窗户已脱落
同样的，我也从未见过
它们一天中是如何投下阴影
夕阳里紧闭的门窗下
更不会有人大喊着：“玛利亚，钥匙！”

我想着父亲年轻时也健步在这条路上
经过陈旧的照相馆、新华书店

日用百货店、米粉店的招牌常年沾满油渍
经过门前晒满药草的中药铺
在它隔壁，依然是棺材铺和寿衣店
再走过去，经过陶瓷店
才是镇医院

夜色中，它们顶着沉重的露水
站在街道两旁
——告诉时间这是最合理的安排

闪　电

闪电在空中，不断伸展出枝条
在尖锐的断裂声中
最高的那棵香樟树
成为闪电的一部分

我的父亲六岁
攀岩时摔断手臂
村里的郎中为其接正位
因为拿不出药费
接好的骨头，又被一把扯断
六十岁，右半身被命运选中
语言和记忆，再也无法
与六岁的自己重逢
闪电一次次收走他的光亮

那是在夏天，我推着父亲的轮椅
经过香樟树下
在它折断的地方
已新长出枝叶
它们还没有听到过滚雷声

纠　正

作为一棵植物，疯狂生长
是多么冒险的事
那些噌噌上蹿的枝条，旁逸斜出的
或向内生长的枝条
很快，园艺师会扛着剪刀
对它们锋利地短截、打顶
最后变成人间想要的样子

但是一场雨水过后
它们会继续分岔出新芽
朝向天空——植物保持着本身的哲学

在世界的巨型花园里
经过一次次被纠正，拦截
我们，终于齐刷刷地
交出了自己最后的秘密

回　声

有人隔着江水，朝远山大喊
声音很快得到了反弹
由此放大的虚空
悬崖何其无辜

原野空旷，牛羊的叫声
经过云层反复折叠，心灵如废墟
被这苍茫一再击中
星空何其无辜

当你凝视黑夜，执意问询过程
黑夜会慢慢长出它的双手
加固语言的栅栏
——风中只返回一小半回应

回声，已找不到发出它的具体的人

瓜 蒌

几棵瓜蒌挂在裂开的砖墙上
下雨时，颜色加深的青苔
增添了时间的静和美

而我母亲对此常有隐忧
她用水泥一遍遍涂刷
裂缝却越来越大

瓜蒌之苦，治好了寻常疾病
但它无能为力
面对一堵旧墙的倾斜和残缺
它只能尽力延伸自己的藤蔓

在更望湖

一只小犬蹦跳着，过了桥

在这之前，每一个行人
都不紧不慢地走在桥上
他们的肉身过了桥
他们的衣服和头发过了桥
他们的笑声过了桥
他们带着沉甸甸的尘世
和刚折下的野花过了桥
接着是他们的影子
被分开又合拢的空气
一场风，没有来处的时间
桥下是更望湖
再远一点，是尚未开花的荞麦

小犬等着这一切

都过去了

然后才静静地走上木桥

空中跳舞的人

一群人穿过夜晚的门
在云朵间跳舞
他们戴着油彩的面具
影子投在大地上，真实又虚幻

如此幸福，一群人在梦境中
只为我做一件事情
如同我出生百日的那天
让人感到一种格外的恩典

在某个时刻，梦境带来
空气里的雨露和花香
扩散到具体的记忆中

生命中重要的部分
无声无息就存在了
又无声无息消失了

包括短暂梦境带来的幸福
包括在空中
跳舞的那群人

牧草在风中起伏

成片的牧草，在风中起伏
像一群奋力奔跑的人
如果不是在牧场，我会以为
只是一片普通野草在自由生长
枯荣都不会生出意义
但它们显然有了存在的
更为必要的理由
牛群低头静静地咀嚼
它们的影子浸透在大地上
生活之循环往复，有一天会被打破
既定的秩序——
牧草起伏连接着清晰的天空
风中传来隐约歌声
缺席的羽毛般的日子正被重新描述

仁慈的生活

一个女人低着头，在苗圃里除草
她的脸埋在帽檐里
阳光从遮阳网漏下来
密集、细碎的光斑印在身上
仿佛自然的装饰
大地对野草和作物，都同样慷慨
野草已被拔除，厚实的新芽
正从泥土间钻出，让人想到日子具体而饱满
当她结束劳作，步履缓慢
走上一条树荫庇护的小路——

那些阴影束缚着她
它们也曾填充往日的破碎与虚空
……直到她重新走进阳光
树荫像裙摆，拖在身后
迎接她的理应是更加仁慈的生活

生活需要一个起钉器

用订书机订一沓文件时，漏了一页
想要拔出那颗订书钉
它已深深嵌入纸张
我把漏掉的那一页
覆盖在其他纸张上，在那颗订书钉的偏上方
又订下了一颗
现在，我的生活被楔入了双重钉子

但我此生漏掉的那些光亮
某个重要的人，新鲜的时间，微风
一趟夜行列车外透出的星空，森林
要如何与我现有的
悲喜交集的生活装订在一起
我感到所有这些加起来的分量
被一个隐形起钉器平衡着

它藏在这世上的某个角落

在骨骼间的连接处

深夜里，常常听见它扳动时间的声音

时间的力

刻在骨头上的羊
和刻在岩石里的羊
时间的力是一样的

写在丝帛上的字
和划在白纸上的字
表达的雨水是相同的
但它们的天空发生了改变

一只老虎走在旷野
箭矢从空茫中射出
当它们在一片
刚出土的大辛甲骨上
获取恒久的意义

不论高入云端，还是低于尘埃
我们都配得上
使用同一种文字
为这起伏的世界
命名与占卜

飞行途中

飞机离开地面，开始上升时
那个伸长脖子，看向舷窗外的
大男孩，他坐在中间位置
朴素，羞涩，举起手机镜头的兴奋
却已无法掩饰

一个被天空和白云感动的人
必定有一颗辽阔自由之心
仿佛突然得到某种共鸣
它促使我离开靠窗的座位
默默走到机舱最后一排
现在，陌生的男孩可以安心地
留住那些超越地面的风景

就在此前的某一天，在深陷的山谷尽头
无数藤蔓垂于岩壁
细密的枝叶间，它们为我
空出了一条狭小的通道

多么相似啊，我们都曾经
获得过无声的成全

牛皮鼓与针尖

他们敲响牛皮鼓
篝火映照着男人们的脸
并非因为丰收。他们在为
亡灵而鼓，集体的孝歌声
总是富有感染力
在空旷的夜晚
抚慰人类永恒、自然的悲伤

但敲鼓的人在走神，他记起
一块温热的牛皮上
一个针尖般的口子。从它的内部
透出星星的光亮。鼓声因此
低沉，发散
像从地层深处发出

那儿有一座崩塌的石山
一条更宽的通往人世之路

那儿，月亮一直高悬着
我们知晓鼓声，和鼓声里讲述的
过去发生的片段
所有人和事物都将重新开始
当我们身处明天
质疑复制。或者接受

对　话

——仿斯特兰德

你是谁？

一个病人。一个时刻想要脱离大地的人。

你是谁？

我是我。一个女儿的父亲。

你多大了？

二十岁。

你女儿多大了？

三十七岁。

你多大了？

刚刚出生。我所有的经历

不过是从子宫爬到人世的距离。

你从哪儿来？

大海上。一个看不见光的地方。

你从哪儿来？

从地狱那儿经过，又回到刚来的地方。

一个人退到一张白纸

一个人忍受了全部

一个人放弃时间的秩序、终点和命名

一个人将抵达永恒的国度

移　动

阳光照着阳台的护栏
和它赤红的锈迹。一棵印度画报
枝头花苞战栗，好像它们的盛开
是与生俱来的火焰
在体内静静燃烧，而并非光照富足
阳台的另一侧，尚未开放的茉莉
努力将一根枝条伸出栏杆
风中悬空的动荡，似有一只无形之手
寻求它在人世的冠幅

我静默着，看见阳光移动
被修辞的投影笼罩而不自知
自身的影子，却遮盖了正欲冒芽的枝叶
那一刻，我令植物背负叠加的重力竟不自知
我有羞愧之心——

不能修炼至透明、至无形于心
不能自带光，且随心所欲地
翻越自我的屏障

仿佛窥探者

某段时间，我的手机曾密集地
收到过一些信息。它们发给一个叫杨璃的人
“生日快乐，杨璃”
“杨璃，我给十年后的你写了一封信”
“您好杨璃，您的快递已到驿站”
“尊敬的杨璃，基金分红情况如下”
“我每天在未来剧场，等一个叫杨璃的人……”

而杨璃是谁？在时间的某个节点
我们曾有过短暂的交集？
在地铁的某个站台，候机室
咖啡馆，或书店的门口
某本书中的一页……我们同时读到过某个句子
并用笔做了相同的标记？

他（她）是否如我一样，曾被谶语缠缚
无法翻新一座古旧的庭院

而他（她）曾经丢掉的生活
也许正是我此刻接替的那部分
仿佛窥探者，我掌握着
一个陌生人的信息，跟随那些脚印
走了时间中的一小段

过万年桥

桥身散发出光泽，并不因为太阳和雨水
是由于时间的叠加与驯服
建立起我们与这座桥的联系
风无声掠过河面
桥拱因为波纹的荡漾
在自己的曲折中延伸和倒映
而拥有了多重弧度
这让我们理解自身和事物的极限
像某种力量，神秘，但难以超越
当人们从那儿离开
仍有光亮返照一种幻影——
向上的升腾，向下的深邃
而在别处的时空，是否另有其人
在替我们生活，并在此刻
走过一座相同的、寂静的桥？

瞬间的千金镇

一座年久失修的马厩
马蹄踏出烟尘，当马儿低下头来
在斑驳石臼里饮水
发出风碰撞岩石的回音
许多事物瞬间在声音里重现了：
塔吊桑林，高土墩，铸铜的人秘密劳作
深夜收工后，从一叠方形孔眼里
浮现出虚无的脸。当他用陶罐温酒
从印纹里挣脱出的鸟儿，带着旧日山河
不动声色的月光。它们有可能是一只灰鹭
或者黑天鹅，停留在小镇的湿地
当它们从荻花丛中，带着故事的回形针
折向天空，想象的马匹
已无法追赶上空中的翅膀

完整的

一不小心，将儿子的玩具拼装人仔
冲入了下水道
他捡起仅剩的一个零件，喃喃自语
“它陪了我很久很久，现在
只剩一只孤零零的手臂了”
他伤心地坐在椅子里
“我想把这个手臂零件
也冲入下水道，让它一直
完完整整的”

某天黄昏

那只苹果，在碟子里
已经放了五天，皱巴巴的
看起来，像一张饱经风霜的脸上
无限扩散的回音
我捏着它，往垃圾桶
伸出去的那只手
仿佛被什么弹了回来
我犹豫了，拿起刨刀
在柔和的光线里
刨去它的褶皱，放入口中——
多么清甜啊，像历经曲折的一生
曾经的酸涩，苦痛，惊惧
在时间的滤网中，已经荡然无存。
只留下甘甜，和它荒芜的
不带杂质的芬芳

雪　中

一

雪停了。但在雪地里行走
还能听见，雪落在长白山的声音
像低语。作为对天空的呼应
林地到处是蓝色的影子

雪中的树保持沉默
它藏匿起讲述者的身份
而将最深的风景
安置在雾凇覆盖的枝丫里

二

河流是雪的另一种语言
在积雪之间，它像深色的丝巾
流动在大地上——
那是时间的传送带
经历过山水
运来彩色皮划艇，远方的消息
以及新鲜的春天

谜　底

我们的头脑，由两棵互为倒立的树组成
有时，它自动将我们置于事物的中心

有一个瞬间，幻觉产生的翅膀
被固定在空中——
那是几座弧形的桥，横跨在江面
像一群静止的大雁
将要从心底起飞

江面泛起雾气
仍能看见水草，在水中奋力翻涌
像隐秘的一生
像悬而未决的谜底

头脑中的树会消失
它们会被重新栽种，在现实主义的岸边

我哭泣

为那个从硝烟里
抱出满身尘土的孩子的
摄影记者，我哭泣
他跪在地上号啕
是一轮绝望的落日的样子

为那个躺在遥远土地上的女人，我哭泣
铁轨旁，她的心脏停止了跳动
奶水还在滋养襁褓中的婴儿

为铁丝网上秘密打开的一道门缝
为陌生人对另一个陌生人的善意
为那匹断腿的骆驼
为荒漠中的一次日出

我哭泣，为并非属于我自己的生活
当我的世界发生崩塌
为何会突然失语，再也淌不出眼泪
我用键盘记录下它们
好像在讲述一个局外人的经历
平静，客观，剔除情绪地。直到
偶然的一天，在众多事物中
发现自己与世界的永恒交叉与重叠

在虎跳峡

平静的江水变得狭窄而暴躁
是因为双重雪山的阻挡
但我们之间被什么阻隔着
自我的局限性，暴露在最深的峡谷面前
它限制我们对生活的想象和理解。江水孤单地轰鸣
需要闭上眼睛，方能扶稳一块有温度的岩石
当胸中那只虎跃过激流
我们从彼此眼中的波涛，找到了自己

幸　好

“你随便说吧，我什么都干过。”
雷蒙德·卡弗，一个普通人
他那双粗糙的手
在阳光下挥舞
并没有被锯木厂的利刃锯断
他来到停车场
在发出霉味的仓库里
搬运，清洗
得到食物和钱
这之后，他回到那个租来的屋子
在餐桌上铺开发黄的稿纸
——哦，谢天谢地，幸好他没有放弃诗

棋逢对手

儿子扶着电梯扶手，出了地铁站
他走得飞快，一次意外留下的疤痕
跟着他的手臂，在阳光下有节奏地甩来甩去

他要去参加某场围棋决赛
与之对弈的，是一个戴眼镜的男孩
彼此行礼，落座

一轮静静的较量后
再次拱手行礼
两人噗嗤笑出了声——
同是右手肘处，同是一块
蜈蚣形状的疤痕

像是在人群中，看见自己的影子

两个互不相识的人

因为同样的伤疤，而有了深刻的理解

在廖次村

美是一种秩序，在廖次村
道路洁白如枝丫
在无限中延伸

芒果已被收完，果树因为自己的掌声
响起在风中而显得羞涩
田野燃烧成绿色，那芬芳的
颜料的接驳力，将画面刷出层次
耕地像一片古老的甲骨

那其间的每一丝纹路都在描绘
有人骑车从道路中间穿过
阳光闪耀着，正追赶他的身影

格柴村的早晨

田野蜿蜒着，连接远山
水库在我们看不见的地方
将它的喜悦和明亮，传递给格柴村
早晨如此新鲜、辽阔，可想象
生长槟榔的园子，紧挨着栅栏
和红色屋顶的房子。人们躬身劳作
当他们碰落叶尖上的露珠，获取时间的朴素馈赠
天空将光芒刺入大地
又将一切紧紧包裹并赞美
大地因此获得了另一种深邃

空街道

三月的街道仍然冷清
从鹏飞路到大学路，一路铺满了落叶
和沉重的木棉花

它们多么像曾经的人群
挤挨着人间，在普通的日子
发出细小的交谈声

此刻封城的武汉，那儿
街道应该更加空旷和寂静
一些人再也不能在春天，走上街头
在落叶声中辨认自己

而落叶就是我们每个人
它们落在江北，或者江南
替每一双鞋子走遍街巷

界 限

有翅膀飞过的窗口

巨大洁白的翅膀
从傍晚的窗口飞过去
但它们总是不够轻盈
并非因为不远处是机场
并非它们频繁地将我
从某处，带往另一处

我坐在那张椅子上
看它们静静地朝向地面
想起多年未见的人
带着好看的笑容出现在街角
它们亮起的灯盏
储存在我记忆的博物馆

陡 峭

山脉起伏，白桦林闪退
一路跟着绿皮火车的隐喻飞奔
为记忆保存，倒退的镜头
直到失去参照物

但我没有看到北极光
在北极村，我的导师说：
注意，陡峭感

我没有登上悬崖顶
黑熊安静，狍子天真
却一直没有蹿出密林

正如我尚未写出，一首诗中突然的美
和转弯的诗意

可以比天空更让人惊诧

比额尔古纳河更幽深

因而我垒石头，在一首诗和现实之间

堆砌一个锋利的锐角

余　生

还想去一趟草原
不用再担心别的了
在风中伫立，是最重要的事情

去任何一片草原都好
必须要有芍药和野罂粟
在各自的天空下，静静开放
互不打扰，但共同形成风景
牛羊低头吃草，偶然抬头
目光碰撞，像多年的朋友重逢

一切在安然中
有时，草丛深处一只遗鸥的突然振翅
提醒我们拥有的时间
是真切而具体的，可触摸的

在洛古河岸

捡到了玛瑙的人
在岸边发出惊呼
人群拥上去
他们的脸庞
有洛古河的蓝色和喜悦

我没有捡到玛瑙
在斑驳的石头中间
一根白骨，突兀地躺在那儿
我没有声张
甚至没有惊动一棵老鹳草

漠河印象

天空，黑色河流，白云
坠落人间的琥珀
快要接近大地了
木刻楞和白桦林静静列队
拒绝了铁和冰冷
面向天空时，有教堂似的尖顶
远方的人告诉我
古老的苔藓生长在大地上
也长在房子的内部

指 引

我的丈夫，在细雨的夜晚
迷路了。陌生的草木，标语牌和石堆
露出它们简笔画似的外形
他感到自己也在变成线条。疑惑使他
减缓车速。一团白雾指引着他
“就像神的召唤”
往大学路西，一直走
他回到了熟悉的路上

“应该是个消纳场”，后来他说
我想起那个位置
曾经是个打靶场
旧时，似乎还充当过法场
有次郊游路过，多看了一眼
蓊郁树木遮住静静的时间

但我没有告诉他这些
只是握紧他的手，并从心里
感激那晚的白雾

灰 雁

一直盯着岛上那些神秘的翅膀
白鹭，丹顶鹤，天鹅，孔雀
黄河突然变得轻盈

一阵振翅的扑扑声，接着是
游客们的惊呼：灰雁——灰雁——
遥远地，好像在喊我
哎——我在心里答应
好像凭借声音，才能确认自己
在人间的痕迹

——多么艰难。没有翅膀，更不能摆脱
来自大地的永恒召唤
一整个下午，我的视线追寻着

那群灰雁，它们有时代替我飞到远处
有时歇息在湿地的岸边和芦苇丛

后来天黑了。而我已无须确认
它们在夜晚是否还在继续
撞开空气的阻力。我知道
但我不再表述为飞翔，我称之为开阔

端 午

雨下在汨罗江上
雨因此有了确切的样子
一个写诗的人走过洞庭湖，人间
从来没有如此辽阔

沧浪之水有清浊
香草枯了又长
乱世的尘埃啊，让时间
开口说话，让词语从内部
获得它的锋芒和重量

黄河边上

在风中前倾着身子，是为了
更近距离地看清
黄河中泥沙的翻滚
流水无声息往前，像一群孤独的人
在追寻奔腾的真相
我走了许多路，还未看到
一块石头露出水面

而生活的经验提醒我，每件事物的里面
都隐藏着一座巴颜喀拉大雪山
当河水在下游处迂回，停顿——

那是一只鸟儿，随着风和空气
在静止中滑行，不再需要扇动翅翼

一个人在途中的转折，突然不再追寻
突然，拥有了自己的宗教
那儿空空荡荡，又水草丰盛

在雨中

经过露天采石场时
并没有出现
爆破的巨大声响和粉尘
春日雨水冲刷着开采机
和石头的裂缝

你怀疑这寂静并非真实
江水往南流淌
堤坝延缓了水流
迂回的漩涡
呈现你此刻的愿望

修复的牌楼在雨中肃立
好像世界的秩序
爬山虎仍是你离开时的样子

一块来自采石场的大理石

激光雕刻的字迹

还能听见石头发出惊讶的呼声

昨天的小镇因为裂缝

而变得明亮

古老的事物

在时间里接近琥珀

看 见

我偶然获知植物的秘密
是在一个傍晚
荒草间一大丛白色花瓣
发出星星般密集的光亮
在它们的花蕊中，有更为细小的
无形的生命，在褶皱间蠕动
多么隐秘，又确切——

那时我被光线中更多的事物
分散了注意力：
无花果、井台、红蓼草
黑山羊像一个个隐喻
散落在湖边。牵着马匹回家的人
与我们迎面相逢，暮色来临

暮色是安慰。每一阵风过
都将尘世不可说的部分
托举到空中。大地如此轻盈
消失的音乐突然响起在湖边

桉树林在出汗

桉树林在出汗。它们的顶端
长出了黄金
太阳一样照着人们的脸

如此朴素的，沧桑的脸
如此急迫的，幻想着将来的脸
整日整夜的劳作，让生活看起来
并非一团废墟。并非

被眼前绑缚。它们有
抓紧一切事物的强大根系
单纯的人们，用某物
换取另一物
满足于正经历的，被平衡的幸福

他们走在黄金滴落的密林
没有人注意，突然而至的干旱
绿色的沙漠，似乎
什么也没有发生
自然在不停的往返中
当它们变成工具，砍伐自身时

多年前的一天

妈妈坐在椅子上，默默擦眼泪
岩石和大地没有流淌出蜜
来调和人世的苦
那时爸爸还没有生病
还能一阵风似的走在路上
他低着头想说点儿什么
屋后竹林里一群鸟儿，翅膀拍打叶子的声音
传到屋子里，它们啼叫着：
咘克哔，咘克哔
爸爸走到屋外，滑稽地学它们的啼叫：
不可比，不可比
妈妈终于笑起来，来自生活的暗伤
仿佛因为一群鸟儿的到来，而减轻了重量
她给爸爸收拾行李，送他去搭乘一辆
前往广东某个工地的夜行大巴

花果山记

在东兰，花果山
我们遇到的是：
清露。红枫。
黑岩石上有脚印
金樱子和酒。
羊粪球
生羊血做的汤
一场雨中落下的松针
踩上去有沙沙声

我们没有看到羊

悬 崖

失去语言的父亲，坐着轮椅
来到江边。对岸的那面悬崖
四十多年前他爬到一半
快要支撑不下去了
身上别着的砍柴刀
抵着他少年的身体
仿佛多出来的一根肋骨

他在喉咙里安上一杆狙击枪
瞄准他的命运
被悬崖反弹回来的尖锐
又再次击中了他

空 白

他把墙刷白了
又在上面挂了一串葫芦和狗尾草
这细小的美
总是没人注意

地里长出荒草
他及时喷上草甘膦
总是这样，几天后
会出现一块平整
空白的土地
他又及时种下高粱

总是这样
他一生反复做的两件事：
制造空白与填补空白

当他面对一扇熟悉的门
和门里的过去
一本小册子上
有他过去写下的名字和时间
但他在空气中
拼命摇头

那个漫长的下午
我们靠在墙壁上等待
门后有一把手术刀
正切去他脑室里的红珊瑚

之后的空白，他一直无法填满

漂亮的伤口

父亲做了气管切开术
几个月后，医生拆掉他
脖子上的金属管
他的伤口，长成一个不规则图案

作为同样的病情，临床的病友
伤口却呈现出光滑，整齐的圆形
母亲每次看见，都像在
欣赏一件艺术品：
“看，人家的伤口，多么漂亮……”

当她转身看向父亲
目光里分明藏着一把手术刀
似乎，她正按照心目中的样子
给父亲，重新修剪那个伤口

界 限

不只是岛屿有它的分界

在椰树和芒果树之间
小小的海鸟和一座暗礁之间
一粒沙和另一粒沙
一朵浪花和另一朵浪花
一个人，和另一个人之间

在事物终止的地方
界限，就是万物得以转身
重新开始的地方

当船只载着我们驶向远海
我回头看见了
分界洲岛、大海和天空
连接成蓝色的一片，消失了界限

被集中的土地

标志界限的
田埂，被机器推平
此时的土地，重又连成一片
恢复它们本来的样子
从欧家地，延伸到江东、九公车，一直
连接了蓬蓬苍密林
它们甚至来不及互相通报一声
原来的归属。从未如此紧密
当不同姓氏的土地
忽略世仇，很快达成一致
在世界的流转中
融为一体。从此，它们将生长出
相同的作物。影子。生活
相同的明天

暮至黑山头

站在铁丝网这边
却有一颗飞鸟的心
我把手臂伸过了界限

当我目睹黑山头的日落
那巨大寂静
瞬间击中此生的旅程
我们共同活过的深渊、苦乐
自由和爱。不在别处
就在这轮落日下

正是因为它的苍茫
让人世有了依靠

渡 口

返回必经的渡口时
船消失了。多年前单手摆渡的人
已经离开
对岸，我出生的村庄
亮起虚幻的灯光
但河流是真实的。它的流动
让大地感到重量
山的阴影，跟随其中浮动
坚硬的部分，正在变得柔软
而未来的星辰，在黑夜中
照耀着一座新起的大桥

意　义

从白天延续到凌晨的那场手术
比这一生中任何时刻
都多出一面悬崖的长度
医生们从玻璃门后闪出来
告诉我们手术的意义：
“只有一半的他是活着的”

他仍在麻醉中昏睡
对于脆弱的命运毫不知情
窗外，月亮毛茸茸地
悬在夜空，跟以前一样
继续出现在他剩余的时间里

在他早年的一场梦中
河水漫过他的脖子，四肢

被水草裹缠，他大声呼救
却没有得到任何回应
他告诉我们溺水的感觉让他恐惧
并担心梦境的预言
是的，比起那个在湖边
点燃雷管炸鱼，丢掉一条胳膊的邻居
他的情况更为糟糕
“只有一半的他是活着的”

那之后，他用左腿，拖着一条多余的右腿
用左臂，支撑着多余的右臂
多出来的拐杖，使他得以与人世保持平衡
就是这个看起来多余的人
为我们创造过天空，命中河流的源头，氧气
和甜蜜的果实，至今替我们维系着
与世界密不可分的联系：
一个盛放过灵魂的容器
一个固执的父亲，一个无能为力
被时间厚重的青苔覆盖，仍然
独一无二的人

雨天，和挖沙船有关的一首诗

一个身披雨衣的男人，穿过石滩
走向长满红蓼草的江洲
挖沙船停止了马达声
突然回到过去时的安静
令人感到不安
毫无理由的情绪
这只试图介入我们生活的
钢铁怪物，立在江水中

我不确定那时
是否走在他后面
雨水淋着不规则的石头
我叫他父亲，但它停留在
一首诗中的标识，一种符号

他在电话中最后一次向我谈及
房子和土地上的事
还有那艘挖沙船，哦，它上面的锈迹
被他略过了。我假装绕了过去
因此后来，它成了一个
永远无法绕开的问题
当他再次开口，毫无意义的音节重复
让世界变得沮丧。让他的过去
变得像一场空无的旅行

但河道中卵石堆成的山丘
再次提醒了他
他将视线移向
一片挖开的土地
那儿，一座房子的地基已经打好
他迟钝的笑，很快消失
几乎不易察觉
那瞬间的返回中
一条河流的深渊，反复在呈现
当他敞开自己。在黑夜，在雨天

南　风

三月，南部刮来暖湿的风
这大海般古老的拥抱
我走在路上
水滴重叠聚焦
以至于，我身后的空气
一再被放大
阻隔了我与过去的联系

上河城

旧的绢纺厂，被赋予新的装置
和灵魂。我们在它面前
走来走去，以为那是南方的798
纺织机被贴上标签，它旁边的
一大桶植物纤维
好像一直在那儿，静静等待
轰鸣的声音再次响起
当它们抛入设计
建立起某种有序联系，松解
或集合。这里发生过的，将在未来的
某一天，被梳理
继而得到确认，像这个时代
我们想要完成的事，正在进行
正午的阳光像玻璃，有一双
年轻时重叠的手印
在等你确认

苎麻地

那些夜晚我喜欢随手翻开一本
黄色纸张的书
上面的黑字，扎在一片苎麻的
植物纤维里
有时它们脱离语义荫蔽
通往另一些故事时
途经我的手指

不止一次，我走进田野
月亮刚刚升起
我的邻居们也在那儿
收割，哼唱一首熟悉的歌
那些声音里没有出现苎麻
但是麻花落在他们的头发里

尚未有人意识到
空气中的特殊气味
与劳动的意义

我是那些日子的亲历者
衣服沾上褐色的植物浆液
形成永久的粗糙图案
我知道一切都将留下证据，以便
被保留。被再次提起
包括那些容易消逝的事物，总是让人想到
灯泡发出的昏暗光线，以及
一架老式织布机的咔嗒声
人们永远找寻着接下来的这一天
世界有如巨大的苎麻叶饭团
青翠，蓬松
在热气中，将月亮填满

林中空地

某种来自森林的气息一直在那儿
我们都很紧张，仿佛林中空地
突然蹿出一只豹子。它带来的经历
远不止这一天，远不止于
这个临街的房间，它可能是：一次梦境的重返。
被填满的身体裂隙。想象中冒犯的丛林，
露珠凝结在某个早晨
弄湿了我们的头发和眼睛

即便那时，从未有过语言
空气将一个世界关闭又打开
只有试图互相说服这件事
让我确信，是试图验证并靠近的
曲折方式。壁画上的河流
在低洼处绕道。那里面没有我们

我们在相互的镜中
凝视，映照或怜惜
当你看向墙壁：没有内容。
没有镜子。一个未完成的空白画框
被古典的技艺：一把赋予永恒的射钉枪
固定在我们的身体里

中转，或转折词

有的地方存在于我的旅途
经过多次，却并不熟悉
比如广州，此前，我对它的记忆
仅停留在候机室喧嚷的人群，以及
客机离开地面时的轰鸣

它带着我上升。像一封旧信中提及的
某个漫长的夜晚，正在成为
我幻想的那样。当爱发生时
中转，成为我的转折词
而非“但是”——

或者，欲望的秘密让我们
互为转折，最后变得模糊
在某段对话的停顿处

我们明白了彼此
那时是黄昏

透过蓝色的窗玻璃
机翼带着它自由的意志
正悄无声息，穿过我们头顶的天空

记　住

那时我尚不完全明白，万物打开自己
在沉默中回到洁白的纸上
可以没有界限
不知道你身体里
有迂回的大海
它深藏的盐，竟然是甜的

那时我才知道，时间也有它的软肋
它使我们找寻，并拆解
彼此身负的教堂，成为
同一个人。又甜又沉重的波澜
尚未在记忆中平息
别走下台阶，大地静静下沉
我梦中洁净的婴儿
有和你一样的气息

一个斜坡往上的村庄

无论在何地，说起上村
就有一条搅动的河流，在浮现
那是一个斜坡往上的村庄
它内部的漩涡，翻涌着水草
和马口鱼的气息
凝望那些古老建筑，灌木丛旁
过去的时间，过去的风
会找到一个年老的石匠
脸上褶皱中隐藏的生活
它们什么也不反射
当我们忘记探究
事物在历史中的光
牛车穿过青石板路，将外地人
带到今天。远一点的草丛里
停着蒙尘的汽车

暴雨来临前

暴雨来临前，低下来的天空
悬挂着一张巨大的头颅CT胶片
深灰色的脑室清晰可见

没有人能读懂其中深奥的术语
玉兰树将枝丫伸向空中
掉落在地的花瓣
治愈了滚雷过后的恐惧

回到小学校园

黄土的操场变成了水泥地
二十年前的那棵石榴树还在
我在它身上刻的字不见了，这些年被雨水冲掉了吗
被光阴抹掉了吗
那间破教室也不见了
那些缺胳膊少腿的桌椅，我浇过水的海棠花
那块笨重的铁，上下课都需要它
发出沉闷声音的铁
那块写满了字的黑板，我被罚站过，领过奖状的讲台
哦，全都不见了
教过我的老师，一个离开了人世
两个调到了镇上，剩下一个，头发花白
戴着老花镜，但他还是一眼
就认出了我

猫儿山以东

有时，我独自一人
走到很远的地方去了
仿佛有风在推着我

当我到达华南之巅，我看见了
低处更为美妙的事物。在它的东边
一条通向纵深的小径
我沿着它，越走越远
渐渐远离了高处和众人
渐渐的，听不见
他们的谈笑声了

我穿梭在灌木丛中
群山将我掩藏
群山啊，藏着顽石像藏一块璞玉
那么窄，又那么广

淤 泥

我初次明白，乌云和滚雷的安静
是在那个夏天
我父亲，坐在临时搭建的厂棚下
“心里有一锅开水在滚”

高大的芭蕉树流出灰色汁液
粘在父亲的发梢上
他的裤腿沾满淤泥
那是两条崩裂的田埂
绑在他腿上，滞重，湿漉
掩饰了廉价衣料的稀薄

我喊住他，他转过身看我
那时他还没有失去语言
我们就那样隔着雨水
仿佛要将余生的话语
狠狠地，全部倾倒出来

大不界山

雨走了。那唯一通往山上的
路，消失于常年累积的松针
湿气渐重。阳光不能抵达于此
一个人走近。身体在山中
心在六十年前的黄昏。两个年轻人
一个绿，一个白
均离经叛道，隐于丛林中
而风起伏。风有一张
散播桃花之秘闻的嘴巴

有人从此处经过。樵夫装扮，青衣白头巾
世俗不会闲逛到这里。世俗有一个
散乱的根系：庞大，可恨，可鄙
可诅咒。可以刻骨铭心

几年后，一个小小少年，唇红齿白
空着手到来。他不知道此处
有爱凝固。是两个亲人的。与他有关的
此处又叫作——大不该，是世俗的名
与他无关。与他有关的，是大不界
界，永无界限的界

飞　翔

电瓶车撞开空气，雨衣因为风
而鼓起。顿时，一群彩色翅膀的大鸟
从马路上开始起飞
但它们飞翔的样子拖泥带水
因为无法摆脱引力
翅膀疲顿而下坠
我站在楼顶，望着这一切
突然害怕时间和大地偏离
不因我尚未降落而等待
因而停止了飞翔的念头

陌生的田野

我又看到了它们
稻草捆排成方阵，立在稻茬上
暮色中仿佛疲倦的士兵，即将卸下盔甲
而绑扎它们的手，一定是沉重的
有力的，紧握过生活的

与这一切的井然不同
一群黑山羊走在路上
零星，散漫，自由
有一只小羊落在后面
它总是为途中的事物停下来
当它嗅一朵黄色小花
我靠近了它

多么澄澈的眼神啊
它竟然没有惊慌而跑开
它竟然将丰盈的更望湖带到我面前
因为这份简单的信任，我心存感激
并爱上了这里的黄昏

去南城

多年前的月亮，一直高悬在城市上空
有一张永不过期的火车票
它印上我的名字——
为了不可更改的光阴

在新开发区腹地，有一个
大型客运站，但并不通向我想去的某地
它待在越来越深的秋天。像一座
银色城池……这么多趟夜行客车
等着人去搭乘，旅途漫长
是凌晨三点的梦靥、小叶桉
立交桥一晃而过，熟悉的面孔
镜头似的一再浮现在夜幕中

所有的夜晚

南方来信

乌鸦退回到夜晚，栖于枝上
成为黑夜的一部分
黑夜会因此
增添一些厚度吗？

灰色的土拨鼠，深藏在泥洞
与大地连成一体
大地会因此
高出海洋一点点吗？

十二月萧索的风，灌入山口
山口鼓满鹤唳之声
石崖会因此
满溢而爆裂吗？

墙壁嵌入镜子，静静地
与时间站在一起
镜子会因此
失重而倾斜，而连着旷野吗？

一个人，走在道路上
身影越来越小，很快
消失于人群，没有踪迹

一　度

一度，纵使那尖锐的仰角带来左门之疼
和一只渡河的狮子，转身形成铁锈堆积的
钝角。甚至黑黢黢的山冈，作为填补我们
生命中看似缺席和坠毁的
那部分：一度，仅仅将虚妄所剩有的
献给岩石或木本
沿着群山，我们相对而立
夜晚一度在你我之间逡巡，欲言又止

命　名

世界的被命名，总是如此
令人感到好奇。这是龚州
这是临江郡。这是平南
这是浔江，一支水系在秩序中
到达事物的中途
雨落在具体的岩石上
名字填补了事物之间的裂隙

向泥土扎根但缺少翅翼
这些贴地而生的青苔
在雨中墨绿，太阳炙烤时它们变得
像褐色起皱的皮
宽敞的岩层下，讲学声已消失
人类困惑仍然存在，世界的奥秘

并不因为在途中或登上顶峰
而得到答案

这首被命名的诗，仍然难以获取它
应有的宽敞和轻盈，它束缚我的四肢
和我住在比喻里的大脑
当有人读起它们时，将看到
满屏打结的汉字

逆　向

此前，在前来平南的途中
我坐在逆向火车前进的位置，一路倒退着
初次来到此地

现在，我们走在浔江边
走向它的上游
风吹开空气，每一粒尘埃
又快速地聚集，形成更大的虚空

我们原路返回，穿过
与普遍记忆重叠的菜市场
蔬菜，水果，煎饼摊，水箱里偶尔游动的鱼
琐碎事物并不构成风景
但为何被我们记住？

对我来说，目前
我背着一轮年老的夕阳
在自己的阴影中上下阶梯
我们就要扯平了
他将此生的重传递给我
我屏住呼吸，用肋骨
支撑它准确的坠落

从来没有恒定的方向
未来剧场重复着人类的傲慢
当我看见，那只逆向奔跑的小狗
时间开始动用它的法则

在南宁港空寂的码头

很快，这里将弃置不用
玉米、豆粕和鲜鱼，装运它们的船只将绕路
抵达另一个码头。每天来此等候买鱼的人
去了新的集市。一个搬运工，来自隆安或蒲庙
脸上有沙砾的印迹。他忙着整理行李
脸盆，衣服，吃饭用的锅碗，统统塞进麻袋里
被褥已用麻绳捆好，放在门前的空地上
他最后一次走进屋子，出来时手里多了
一个口盅，一把牙刷
他把它们也塞进麻袋里
之后站着抽了一支烟，抓抓脑袋，想起了什么
朝晾衣绳上，取下那条红色裤衩——
刚才它还在风中，哗啦啦的，旗帜一样飘扬

我们来到此地
既非买鱼的人，亦非搬运工
我们远远地，站着拍照
试图定格这空寂的码头
儿子专心地挖掘沙子，用他的玩具铲
那个挑行李的男人从他身边经过
大声咳嗽着，再没有回头看一眼
这空寂的，最后的码头

声 音

你有没有在安静时
听到一些声音
类似于月光坠地

一朵花无缘无故从高处落地
跟太阳升起时，盲人眼睛睁开
又合上，声音是一样的

木质家具在深夜，因为自身重力
发出咔嗒声
跟一个看见黑夜弯曲的人，发出的
叹息声，是一样的

而它们砸出的凹陷
是不是正像你
心中缺失的那一块？

强迫症

那个手提两袋垃圾的人
步子飞快
她把它们扔进垃圾桶
“钥匙……”她喊了一声
转身走回垃圾桶旁
两个垃圾袋被逐一打开
露出里面的内容：水果皮，旧牙刷，纸巾
碎瓷片，几个空的易拉罐
她重新扎上它们
这次她走远了
如果她再次转身回来
跟我预想的那样
重复打开那些生活的废弃品
寻找一把旧钥匙
我写下的，将会是这样：
她徒手拆毁了时间
最后将自己缝合

乌托邦的孩子

孩子们去了乌托邦
一再被寄存的童年
窗口有繁盛的星星
他们在那里吃饭，睡觉
之后回到方形的教室
“每天我在窗口等你
马路上的汽车像面包
过去了一辆又一辆”
我搭一辆漫长的公交车
下班时经过学校
并不停留
汽车带我来到乌托邦
多么新鲜的孩子
我们领走自己的那一个

前进的，后退的

我爱上了黄昏　爱上了在湖边
两手空空的行走
心无旁骛　风一样地走
有时会走到时间的前面去
但那里往往空无一人
这巨大的沉寂使我惊惧得转身

我沿路返回
却发现这个举动比前进更难
那些向前跑着的
和倒退着行走的人
结果有着惊人的相似：
同时抵达湖的转弯处
同时亲近着春天的事物
他们手里捏着的迎春花

像逻辑学里的哑谜
深奥、模棱两可

前进，同时也在倒退
或者相反，在每一次倒退中向前
离开，并看得清身后的一切

像是花瓣

白玉兰盛开得太过迅速
明月趔趄了一下

桃花开在监狱里
这动人的春天
让路过的人，一次次
翻墙而入

那天清晨，我在树下等人
看见那则新闻
美丽的入殓师
第一天上班，双手颤抖
拿起腮红
在一个溺水男孩的脸上
画上淡淡一笔

像是花瓣
重新回到枝头
像是又活过来了
流干眼泪的母亲
朝他张开双臂

一年春天

树木最终宽恕了那个肩扛利锯
齐根锯倒它们的人
躺在庭院里，等着被切割
变成精致的家具
他还是一个学徒，跟着师傅做木工
总不得要领，傍晚在师傅的咒骂声中
卷着行李离开

一年春天当他回来，仍然一事无成
当年用过的那把锯子
斑驳锈迹，像病毒蔓延
他带着它去了那个树墩前
年轮模糊，因为他的锯子而中断
他把它放在树墩前，连同它的铁锈

近乎献祭和忏悔

不远处，是他师傅的坟

经过时他停顿了一下

收割之后

我见过的最好的稻子，它们有库布齐沙漠的波浪
在风中发出细碎声响
我们埋头收割，有时
一个人割到了稻田深处

因为不同于往常的丰实
波浪中手握镰刀的人
感到莫名的虚空，紧张

直到日落，沙漠的皮肤被掀开
露出田野的真相
天幕渐渐黑下来，一股收割后的薄雾
聚集在弧形的水坝上空：
弯曲的，巨大的镰刀形状
它一直在这儿，它收走的童年，以另一种方式
还给我。还给你。还给每一个清晨的归来者

时间草本

何首乌，瓜蒌，五倍子，卷耳
车前，鱼腥草，枇杷叶，鹅不食草
打破碗碗花，荆芥，土三七，矮茶婆
草决明，小蓟，两面针，鬼针草
栀子，马鞭草，金银花，白芷，黄袍
路边荆、蒲公英，麦冬，苍耳子
一点红，铁蒿，灯笼草，夏枯草，马兰
野薄荷，乌袍，鸭舌草，紫云英，红蓼……

这些父亲熟稔于心的中草药，这些从一个人的生到死
都在照看人间的中草药
这些散落在大不界山、假日洲、江东、欧家地
九公车、蓬蓬苍、大车头的中草药
试图以自身之苦，驱赶人间的苦
其中有一棵接骨木，至今已长成我的肋骨

每当我奔跑，便听见一把利斧

霍地朝我掷来

它带起的风，胜过我写下的所有言辞的锋利

站在废弃的巷子里

站在这条过去走过的巷子里
天很快黑下来。时间里必然的黑暗
为我披上外套

灰色门楼被蛛网缚住，代替了铜锁
很多事物都在褪去颜色，包括
门廊上的木质雕花
从前的雕刻匠人，他们叫他小工
早上去了大理石加工厂
晚上回来，身上蒙着石头的灰尘

我旋开镜头——一个幽深的黑洞
一切事物和时间是否能回到过去？
驼背的奶奶去世后终于挺直腰身
她在照片中向我挥手，一双鞋底尚未完工

黑暗中青石板路的反光
当它们突然在井台处塌陷——
时空就是这样，从不经意的地方开始塌陷
远处，一个新形成的村子，传来犬吠声
那被撕裂的黑夜，破外套
并没有夺走整个童年

落日不能阻止一艘挖沙船的轰鸣

种下苎麻，种下旱烟，种下青枣和芝麻
沙洲上的狗尾草还在迎着风
像过去那样美。还在被赋予意义
但是马达声响起来了
突突突，突突突突突
突突突突突突突突突突突
一阵比一阵轰响，它割断牛羊归家的声音
重新成为这个黄昏的一部分

落日真美啊，美的事物不能阻止一艘
钢铁的，坚硬的
挖沙船的轰鸣

沙洲上

我扛着锄头，要挖开那些藤蔓
小学生们放学了，他们往沙洲跑
超过了蒲公英飞的速度
我不停地锄草，儿子在身后不停地捡
他将那些露出根须的野草，又重新
栽种下去。“等到明年暑假，我们就能看到
一大片野草。”我停下来
一切都在自然中平衡地生长
从蓬蓬仓河吹来的风温润
我听到自己的心跳，它开始平和
我必须放弃种芝麻的打算

颧　骨

打一口井，钻到土层深处的石头了
才有最好的水

过独木桥，必须低头
必须心无旁骛
才不会踩空

白蚁蛀空的杉树啊
高大的事物，在持续的力量前
最终与大地平行

但我岩石一样突出的颧骨
没有什么可以让它低下去
时间挤着它越往高处
击败我最后的虚空

经 验

前方路口的绿灯亮了
一些走着走着的人
开始小跑起来
车流也跟着移动
一波一波的，像波浪
但比大海差远了

我赶时间，也跟着跑
矿泉水在背包里晃荡
声音比山泉差远了

过了十字路口，我发现
那是江北方向
跟我要去的地方，差远了

有时候，经验并不能
把我们带到正确的地方

弃婴公告

儿子每天都翻一下晚报
我知道他在找什么
“今天的弃婴真多啊，七个！”
今天早晨
他低头看着报纸，眉头不再紧蹙：
“今天没有弃婴！
只有一只小狗，孤零零地
走进了人群。”
我瞟了一眼，报纸的31版
原先刊登弃婴公告的位置
换上了一则醒目的
寻狗启事

世间的事

曾经的仇人，重修于好
他们拥抱，之后互赠食物

身体打开，风一下子
将她灌满
一张饱涨的帆
没有见过大海

多年前推平的旧坟
又垒上新土，变成新坟
仿佛，那里面的尸骨
重又死了一次

在理发店

一头黑发无声掉在地上
一头黑发里有无尽的黑夜

整个中学时代
我的头发长长了
妈妈和我去集市
人群中寻找拿剪刀的人

多么贪心的收购贩
妈妈的头发，在咔嚓声中
剪得只剩荒野
最后被扔进蛇皮袋
换回活命的钱

无声地，在心里哭着

细心的发型师

让我看镜子里的发型

哦，我确信，妈妈的头发

又长回来了

黑夜覆盖了手拿剪刀的人

戒备之心

那一年，父亲捧着我的大学录取通知书
又欣喜，又忧愁
天黑了，他去了堂伯家
坐下来还没开口
堂伯就开始骂他的女儿
我的堂姐，职校刚毕业
一声不吭，勾着头
蹲在火塘前烧一锅饭
干竹枝燃得噼噼啪啪的
后来父亲双手空空地
退出那扇门，仍听得见
堂伯骂人的声音

偶尔我回老家
将要经过堂伯家

远远地，抱着孩子的堂姐
就会闪进屋子里
十七年了，她仍然对我
怀有一份戒备之心
而她不知道，我对世界
怀有的谦卑之心，足以贴近地面
熄灭胸腔里噼啪燃烧的竹枝

香　椿

还没有发芽，它把香气捂在体内
树皮裂开，风吹得枝条摇晃
但不吐露半点风声

她怀孕了，和香椿一样
将秘密藏在衣服里
对所有人闭紧嘴巴

三月，椿芽放出香气
减少了人间的苦
她走过树下，怀抱婴儿
新鲜的体香，瞬间让她遗忘了尘世

剪　影

所有剪影皆神秘
剪影中的村庄也一样
树木悠远，亚麻花高出云彩
删去了细节和质感的屋舍
草垛，青石板路
看起来多么完美
像是从未到达的
另一个地方
逆着阳光的孩子，他的长睫毛上
粘着一片细小的稻草屑
这巨大的静止甚至让人不忍怀疑
那阴影里隐藏了什么

父　亲

粮坝消失了，只有散乱的石头
堆在河滩上。面对一座
再也不能蓄水的大坝，父亲的眉心
一直没有松开。他默默地
往江水里扔石头
像扔出一颗颗水雷
在他心里爆破了
因为激起的浪涛太大，他摇晃着
走下大坝
放弃了手里的最后一块石头

在废弃铁轨旁

在一截废弃铁轨上，儿子伸展双臂
似在飞翔：向我扑过来的一只
摇晃的企鹅。
“如果火车来了，我会
长出翅膀，猛地带你飞走。”
他说话时，眼睛里升起两枚月亮，因为
说得太用力，身体倾斜了一下
我抱紧他，仿佛已经感到
铁轨的震动。如果一列火车
从过去的黄昏开过来，喷着
我们认为的白色蒸气
我要如何在一首诗中
安排它的转弯，以至于
我们留在原地，而不被挤出
时间之外？

反　派

在玩具货架旁，儿子蹲着
挑选了一个正派骑士
“我只喜欢好人”
付款时，眼睛里却藏着一条
迂回的河流。他犹豫了
跑回货架，回来时手里多了
一个反派魔兽
他让它们做出决斗的样子
我一下子理解了
事物存在的涵义
对手的存在，意味着一场游戏
才能正常开始

壁 虎

几乎是一瞬间的，它的影子
猛然映在玻璃杯上
我的手迅速抽走，抬起头

那是一只壁虎，趴在落地玻璃上
静止得像是没有生命
它的存在，是为了与这喧闹的餐厅
形成某种对立？

对面的人，还在滔滔不绝
谈论暗物质
我喝了一口茶
——杯子上的影子消失了
包括落地玻璃，那儿空空的

壁虎仿佛从未出现
它产生于某个念头
最后又消失在某行诗中？

白　纸

儿子拿走了我的订书机
他往一张白纸上订钉子
一颗，两颗，三颗，四颗五颗……
直到白纸被订得密密麻麻
仿佛一个浑身中弹的人
他的小手乱舞
欢呼雀跃地递给我：
“白纸变重啦，妈妈”
真的，我接过纸张的那只手
感到了一丝下沉的重量

假日洲

至于谁给这块洲地
命了如此理想的名，并不重要
躬身重复的劳作，仍没有休息日
土地敞开自己，拼命滋养谷物、树木
亦无一日停歇

蓬蓬苍河流经此地
在低洼处制造了一片漩涡
湾木腊和流水在放假吗
低沉的流淌声泄露了焦虑之心
我对它们的妄自揣测
并不能与这良善的命名匹配

最好的风景

父亲住的病房，在走廊尽头
对面是一排居民房
几片尿布在风中飘荡
我听见婴儿哭声，从五年前
儿子出生的那个春天传来

病房右边是开水房
从窗口望出去
一条曲折小径
通往低矮的白色房子
刚刚有人从那儿哭泣着回来

我的心猛地抽紧
逃回父亲的病房
他正慢慢吃着一个苹果

眼睛盯着窗外
顺着他的视线
哦，那儿有最好的风景
一座中学时代的山，密集地
扎满了阳光，青竹，松树和柏树
我曾在日记中写到过它们

39岁那年的母亲

她的外婆死于39岁
她的母亲死于39岁
她母亲的妹妹死于39岁
仿佛一个古老的诅咒
这个秘密
她必须独自悲伤地守着
像守着时间的定时炸弹

“假如发生了，就是命”
后来她轻描淡写地
向我们描述
那一年内心的海啸
全被她退入一声叹息里

可我记得那些年
她常常走到山顶
走到岩石后面去了
有一次我跟在她身后
在外婆的坟头
她烧一堆一堆的纸钱
祈祷词只有一句：
“求求你，保佑我两个女儿”

妇科病房

她刚刚做完子宫切除术
被送到21床
三小时后，她清醒过来：
“它已经完成任务，我再也
用不着了”
这世上最温暖的房子
她失去的那部分
仿佛正被一个黑洞所替代
她的丈夫，一个不苟言笑的男人
拿着水壶去了开水房
后来我下床走动
偶然经过开水房旁边的楼梯口
瞥见那个男人
背对着坐在楼道上抽烟
他的身旁，有一个空泡面盒
里面装满了烟头

礼　物

暮色中的事物，看起来
比白昼美。比白昼亲切和动人
我合上相机盖，穿过一条
没有路灯的街道
它甚至没有名字
经过的人，也寥寥无几
我走得很快，一丛植物绊了我一下
哦，一大片鬼针草，在灰扑扑的
道路旁，开着白花
朴素得像天使
我走进去，摘下一朵
别在衣服口袋里
就这样，心中盛满了喜悦和安宁
一路轻快地回到家，脱掉外套
发现一排细密的植物尖针

扎在我的手腕上
——这意外的礼物！
我只想带走它的柔软
最后它连尖锐
一起赠与了我

大苹果

他每天在思圣路上，来来回回地
压低帽檐打电话
有时他蹲在马路边
举着一个破手机喊：喂喂喂
有时他摘下帽子，挠着一头乱发
似乎在谈一桩生意，而且
即将成功
那天早晨我故意放慢车速
看他煞有介事地拨通电话
口气温柔得像个好父亲
“等着我，给你们买大苹果！”
这个身披破布条的流浪汉
手中举着一个脏污的
手机模型，说了这么久以来
我唯一听清楚的一句话

光

对光敏感，但对光亮的事物充满喜悦

入夜，木质乐器在与空气的摩擦中
发出颤音，那音色中的闪光
让我想起骑行途中，次第亮起的灯盏
像有一只无形的手在按下开关——
那些光泽，让一个人免于孤岛的恐慌

而光线真的存在吗？
——它来自于对光的想象，万物得以被看见
光的产物：影子，是对想象的再次投射

当我们用厚重的织物控制它，遮挡它
光随着木窗的推开涌进来
鼓满风的窗帘，像两张被掀起的帆
带动这间方形屋子，在激荡的
善于遗忘的生活中保持平衡

虎刺梅

新烟小学的围墙开满了虎刺梅
我站在小桥上，镜头调了一下午
还没有拍出它们最美的样子
太多的刺遮挡着它们

孩子们围过来
我打开镜头盖
直到电池耗尽
才看见那个小女孩
她头发蓬松，手指上缠着胶布
躲在人群后
是一朵我聚焦了很久的
虎刺梅

凌晨两三点

我们走在路上。像梦游者那样
像弃置已久的旧水井

无人来汲取

无人。青井台上的草遮蔽了世界
如果时间是为
慈悲准备的。

无人能敌。夜再一次
拱手相让

反　面

那是个诗人。他们说，但她不喜欢交谈
她避开各种形状的镜子，水泊，大理石，一切
反光的地方。它们映照或遮蔽大地的秘密
相对于判断，显得力不从心
她穿着平跟鞋赶路，像一阵稍纵即逝的风
但在穿衣镜的反面，她遇见了
荒草般的自己，她甩一甩脑袋
第二天去了理发厅
在那面光洁的圆镜前
她紧闭双眼，让造型师把她的头发
弄成了蛋卷状。隐约，她听见
蛋壳碎裂的声音

她踩着那些碎片，上了204路公交车
一只手抓住铁环，在发酵的人群中

昏昏欲睡，错过了站
当她抬头，黑色窗玻璃上映出法令纹
多么深的时间的沟壑，紧攫住她的面颊
对此她并不介意。扭过头，下车
泵入下午的热浪，带着
她的新发型

只差一步

那是一道闪电的开始。阳光的移动
刚好制造了一片
槐树阴影。跳探戈的女人
双脚钉在大地上
她表情严肃，仿佛另一个人贴紧她的脸
追逐、躲藏、踢腿、腾跃、270度旋转
——她搂着一个不存在的舞伴

在一个断音处，她突然停顿。她是一幅剪影
是未完成的雕塑。望着空荡的前方
似乎在等待下一段旋律
或者未出现的人
她深吸一口气
我听见黄昏咔嗒一声，将她关入太阳背面
舞曲仍在循环播放：只差一步。
只差一步。尚嫌不够。永远是这样

所有的夜晚

陷在凌晨的腋下；马匹站着酣睡。
那洗盘子的女人，有湿漉漉的手和孤独。
她听见盘子碎裂，时间的胎位移动。
我们头朝下，星空广阔，在下
当她抑制不住猜想这些时，她的脸部绯红
她想用故乡的语言去纠正那些本地马
可倒春寒使喉腔冷却。
昆虫们集体在清明前噤声
所有的夜晚都集中到这儿
然而她还嫌不够多。桃树已经结出桃子
等到五月，人类把它们摘走，鸟雀会不够吃
不是没有可能，打开山中屋宇
东方的鱼肚白会蹿进来，长住
尽管蝙蝠像个黑色的文件夹，倒挂着合拢它
然而只过了一刻，她便倒头睡去，在
未洗完盘子的长凳旁

搬　离

他们搬走了你的桌子、口盅和文件
水养的绿萝也被倒掉水
装进一个塑料袋里，连同那个背电脑的
工人一起离开。你看着这间腾空的办公室
不知该说点儿什么。下午的阳光
从后窗爬进来。满是灰尘的地面
被照亮。你竟然与这些尘土
相安无事地共存多年而尚无察觉
在秩序的上面。它们被太多东西遮蔽，直到有一天
无辜地显露在阳光下。你将抛弃它们
到一个新的地方，继续耗费你的光阴，激情，
血质的孤独。你需要这样。你的可爱的同事
在对面新装修的大楼走廊上
笑着向你招手。你关上窗，但没能
关住阳光。帘子已被拆走

像每一次的搬迁，你抱着你的物件
最后看一眼那个有你气息的地方
走出去，反锁好这道门
钥匙交给另外的人，或丢掉

叙　述

我乐意向你叙述，一天傍晚
我是怎样走在江边，看茫茫夕阳
落下寂寥人间。江两岸的人们
纷纷收拾工具，离开田间，回到
他们自己的家中，生火，做饭，升起炊烟
我曾低下头来，看到脚下的石子
多少年的洪水，没有冲走它们
光滑，圆润，它们依然在这里，陪我说话
看天上闲云。因为喜悦，而将手停于
腹部，听到里面传来原始的搏动
的确，我不知道的事情，正一件一件地发生
比如一个小东西，正在我体内生长
像个胚芽，圆形，走动时有空旷的回音
我承认自己固执己见，必须为决定
承受一切：放下人世间的享乐

像闲云般散淡。必须俯下身来
倾听大地的胎心，安静，秘而不宣

有时我站在矮松林下，听到风吹拂
松针的沙沙声。我知道了：这一生简单的智慧
和简单的善，风一样的，用我的小半生
去明白，而用大半生去学习
我自信还有足够的时间，因为上天给我的
又一次光芒，它已经开始

落　日

落日绕远山，许多事物的影子
在大地上
浮现出来。在一块岩石上
我们的手印和脚印，多么像是
刻上去的。我藏在树的
阴影里，你看到我，仿佛我们，也像是
刻在了岩石里，不会交谈
也不会亲吻。但是当我们走得远一点儿
落日就落在了我们身上
时空弯曲，你几乎要质疑自己所见
像一个真理，像是一束光
长期睡眠在岩石内部
直到时间来拍它的脊背

心中的灰熊

浅睡在他心中的那只灰熊
再次咆哮起来，扑向他。“在黑暗，隐蔽的
地方。”这个声音使他发狂
使他不顾一切地冲向荒野
你握紧鼠标的手，也跟着他
在旷野的风中狂奔，因为激动汗水濡湿手心
你按住暂停键，想让他
不安歇的灵魂停一停，停在时间的某一刻
但无异于企图熄灭一场蔓延的
平原大火。你眼睁睁看着他
在一部传奇中烧伤自己。他去牧马，去狩猎
生来听觉敏锐，能清楚地听见
从内心的密林传来灰熊的声音
他在暗夜流着小兽的血液，这野性的生命
如此放荡不羁，都是你曾想过

而没有行动的经历
现在你把这经历一再扩大
假装是你自己的一生
以此安慰你那颗青春将尽
而不够勇敢的心，“将众人的明月，
占为己有……”
为此你感到了羞愧，脸红着
把头埋进臂弯

雕　像

他张开的手臂有遥远的、未知的、无限延伸的
急切言说而又哑默的空间——
一个无法收回的姿势。在静止中，一切
肃穆的时空里。有人哭泣，或叹息
在他的周围，粉尘漂浮
而我们正看到：
一座不可侵蚀的雕像，从他的身体里显现
犹如大理石一般。他刚刚完成了自己
午后的影子偏移了一处残垣
他立在原地。在他的手臂下
栖息着四个孩子的光阴。大地
正收拢它自己的一个补丁

透明佛

一个椰子要去远行
它停在沙滩上
海潮翻卷的力还不足以
带动它的重量

那欢喜堂的未来佛，我没有拜
人世在我脊背
我怕弯腰时，无法获取平衡
而倾覆一片海洋

当我走下石阶
一个女人，露出草帽下黧黑的脸庞
她剖开了椰子
清凉而甜的汁水，一遍遍撞击着
我心里的一尊透明佛

生活已不能对称

仿佛从不曾存在这样一个坡地
它在春天长出荒草
如同他头部的一大块凹陷
发根白茫茫起伏
呼应着土地的形状和生长
清理它们的那个人，去了省城医院

年少时他曾独自攀上悬崖
时空是平面的
他失去的记忆，正被空白填满
渐渐覆盖了今天的事物

生活已不能对称
类似孤立的宇宙

左半球的世界
被一艘幻觉的火箭，轻易托起

太沉了，昨天的夕阳落到今天
夜晚变得短暂
自然处处显示出它的平衡哲学
他放弃复杂的语言
仿佛从不曾拥有

露天电影

一个不同寻常的夜晚。放映员到了这里——
麻村二街。黄昏收起它的翅翼
孩子们早早地等在场地中央——
有点惊奇，一个投映在银幕上的自己
但他们的惊奇这么少。他们再也不会
绕到银幕的背面，因兴奋而发出尖叫——

一个时代带着它无形的手臂前来
一旁观望，但不鼓掌

豹　子

秋天的阳光下，在纠缠的
豹子。在追逐的豹子。在蓬勃向上
生长的豹子。它们出现在
街头的广告屏幕上，三只雄豹子
正扭打成一团。它们争斗的原因
是为了一只
浑身长有美丽花纹
眼神清澈的
雌豹子

我坐在石凳上正喝下一口橙汁
看见那只精英豹子
打败了其他两只
它和美丽的雌豹子
同时朝森林深处
望了一眼

湾木腊密码

银杏掉光了叶子
伸出凌厉枝干
分割湾木腊的天空
一些人从集市回来
一些人，带回外省的尘土
而某个屋檐下
传来哭声
有别于尘世的热闹
他们的母亲，死于大年夜
但没有人听出，那爆竹声里
微弱的哭声
天亮了，他们来到山腰挖坑
埋下母亲。但无法解开土地上
关于生死的密码

途中转折

途中转折

我一个人坐火车
从别人的城市回来
陌生站台的中转
路途的破折号

途中的N次转折
时间犹如古老的关隘，腾出位置，允许我
回到出生的地方

在密林里，我见到了亲人
他们告诉我，在一次闪电中
一棵古老的树木断裂，在两截尚未
脱离的横断面
呈现出一副张开的枯黄牙齿

那时，我听见自己的骨骼
发出脆弱的声音

并非黑暗中一个婴儿的哭声
尽管它们具有
相似的质地和音色
尽管它们传递的
同是时间的信息

缺　席

在西大，我乘上
回家的青皮公车。
一个男人，让出旁边的位置
他挪开那上面的物件：
一个骨灰坛，盖着黑色绸布
“坐这儿，这儿”
他的声音压低，充满悲伤
右手按在胸前

我迟疑着，坐了下去
占据一个缺席者的位置
如果我起身，走开
虚无的时间会回到那儿
而我一直坐着

跟着这辆青色怪物
过了桥，直到终点站
当我下车，并向后张望：
一排空空的椅子
缺席者再次消失

造型师

从那把椅子上她站起来，旋开一盏镁光灯
“叫我敏敏。”她说。她是一个
年轻的造型师。她要让我回到十五岁的样子
我把自己交给她，像一堵毛坯墙那样
任由她粉刷，修补
她剃掉了我的眉毛，“它们看起来
可真够杂乱。”然后，开始在我的脸上
劳作。她喷雾，扑粉，画好眼线
又将我向上弯的睫毛，夹得更弯
“这儿，鼻梁还不够挺……”
她迅速地刷上一层粉底
后退几步，以便从各角度观察她的作品
“发型太呆板……”她自言自语，口渴了
给自己倒上一杯水，跌在椅子里
然而，我从镜子里看到，不过两小时
另一个人的面具，已穿上我的骨头

有一次

他不顾一切，攀爬在黑黢黢的山岩
林地有蜿蜒的曲线，在秋天的庇护下
显得柔和。他惊讶于这一切：
比平常更为接近的星空
月亮硕大地，悬于头顶；
多么凉爽的风吹拂他
远离人群，所有的渴望消失；
月光像两只白鸽子
落在他的肩上。
面对山林，他想大声呼唤——
除了这一切，再也没有别的
能使他心动。然而
他站在巅峰，喊得喉咙快要破裂了
但是群山仍静止

听邻人讲述的事件

蓬蓬苍江翻滚着，任由它身体里的鱼
浮上水面，在茂盛的水草中
露出白色腹部。风摇动灌木丛，似在暗示
有些事情已经发生
但江岸边的卵石，紧闭嘴唇

它们无法说出，一个走投无路的男人
曾在夜晚的埠头出现
天亮前他用破旧渔网
捕捞那些死鱼，月光下树木投下阴影
遮盖了他手上可疑的粉末

早上，他带着鱼去了集市
留下更多鱼的尸体在江里

中午时他带回了一袋面粉
食用油，蔬菜和一串香蕉
有人看见他低着头，匆忙路过蓬蓬苍江
像翻过一页书的折痕
那些石头，我们期待它们能说点什么
但仍然，它们守口如瓶

最后一块长草的土地

风从遥远的大海那边吹过来
越野车从早晨开始出发，走到尽头
已近黄昏。仿佛时光过去了一个世纪
一张油亮，密实的蜘蛛网
爬上蒙尘的后视镜

仍然没有消失……最后一块长蒿草的土地
坟包一个接一个地，鼓起在暮色中
透过房间砖墙上的洞口
望出去，香蕉树流出白色浓浆
这大地所赠，黑夜为之伤痛的乳汁
返回并不明智。荒地里磷火虚弱地跳跃
那儿沉睡着一个个古老又陌生的灵魂
我们停止拥抱，坐下凝望
在他们方形的房子上方

谈论他们曾种下的蔬果，土地上的劳作
以及涨潮的大海带来的空气中的咸味

那是农夫们在夜晚的灌溉
白色圆顶的水塔像教堂似的
矗立在道路旁。当我们经过
听见水声在水塔中响起
什么也没改变，过去的时代并没有
过多参与我们的生活。除了
我们从叶缝中仰望星空的时候
视线稍微改变了方向

银河之夜

我也有一条铁道，通往银河
它铺在白云上，冷冰冰的，比彩虹还动人

那天凌晨，我生下一个孩子
他清脆的哭声像是从月亮里传来
他有银河系一切肃穆的美和悠远

他游荡在我黑夜的铁道上。没有一趟列车
沿途到处都是，紫色闪光的龙胆花

我的河流

我走到我的河流边上。我坐下来。
我走了很长的路，从冬天就开始了。
我坐下来。终于到达我的河流边上。

我的河流想了想，要把水抽干。我的河流说
它裸露的河床，比什么都美，都深沉
它装下的蛙声，比大海宽广和汹涌
我笑了又笑，沉默着听它说，直到我
疲倦地睡去

我的河流没有准时叫醒我。在次日日出时刻
这一天，没有人出售抽水机，并没有

父亲深夜来到我家

父亲深夜来到我家，他从中华路带来的
一阵冷风，惊动了客厅里的植物。
“老家在下雪。最后一趟火车晚点，
整整两小时……路上连公车的鬼影
都看不见……”
他搓着一双大手，上面的老茧一只只豁开口
它们要说些什么？

我要煮一碗热汤面，他阻止了我
“算了，我不饿……”但他管不住自己
肚子里的空气挤来挤去的声音，
它们揭穿了他。他一生都这样，不想给
任何人哪怕儿女添一丁点麻烦

他站在厨房门口，跟我说土地上的事。
“香蕉卖了，价格贱得像路边的
鬼毛针……”我从墙壁上的影子，看见
他瞳孔里长出荒草，瞬间又倒伏
他坐在餐桌旁，局促地，细数自己一生的
命运，像这片不走运的土地
父亲，但我怎么能怪你
我也同样被生活狠扇耳光
被它那只巨大的手，往嘴里灌满黑色泥浆
我们该做些什么？假装什么也没发生
置之不理：土地上的亏损、债务，苦难
梦想熄灭。直到接受这一切，直到——
丢弃那假装的面具、踩碎
重新穿上鞋子

她弯着腰，度过了她肉体的一生

有时我们从黄昏的河滩回来
看到她长久地，在灯光里扫地
她手握竹枝扎成的扫帚
要扫净这屋前屋后的
每一片枯叶，包括她身体里的
每一粒尘土。她的腰因为早年痛风
而永不能直立
她弯着腰，度过了她肉体的一生
双手撑在膝盖上，经过她的光线，时间
从河滩吹来的风和言辞
都不由自主地弯曲了一下

失眠诗

深夜变得辽阔而不可预知
大地上的一切细小声源
都高举着扩音喇叭
我睁眼默数心中的绵羊
直到它们
消失在世界尽头

上尧码头

有一次，我路过那儿
悄无声息的码头。时间尚早
低矮的电线杂乱地横在空中
那上面晾着男人的T恤，裤衩，糟糕的生活
如果有人从那堵墙的后面走出来
在这个早晨，突兀地
出现在空空的码头
我会像只驯鹿那样跃入曙光
但是没有人，除了几只麻雀的到来
它们衔走清晨的一部分
又迅速飞过江面

我曾以为那是双月湾的海岸线
但是我错了，阳光的阴影追逐着我
从天空垂下的巨大花冠
罩在我的头顶，让人窒息

高处和低处

十分钟前，他仿佛被吊在空中的脚手架上
在快要竣工的32层高楼建筑工地
他被替换下来，脸色煞白
“我有恐高症。我讨厌不着地
和临死的滋味……”他说着
双手抱头，哭起来
在这个夏天的傍晚，夕阳扳住他的肩膀
往生活的水潭里猛按
过了许久，他浮起一张沾满泥浆的
无助的，年轻苍白的脸
大口喘气，他的鼻子几乎
碰到了空气中锋利的刃
他把自己割伤了，打着喷嚏
走向那条刚铺好沥青的公路

自然的方式

自然以它自己的方式
跟他达成了和解
他们坐下来，点燃枯草，面对面吞云吐雾
坟冢立在地头，地里麦苗青翠
坟冢上的草也长势良好
不时有鸟雀飞来，落在生长着的地里
也落在坟冢上。鸟雀叽叽喳喳
它们知晓世间的生，世间的死
都在同一座索桥上，丢掉了铁链子

迁　徙

他冒着雨，去取一个朋友的遗骨
穿过香蕉林，接着是剑麻，遇到陡坡，爬坡
后来是平地。这是一个人的安生之处
他随身带着镐头和手巾
雨渐渐大了，泥土中的骨灰坛现出具体形状
他小心翼翼捧着它，用手巾擦拭，像对待一个
刚出生的婴儿。骨灰被倒入另一个坛子
他用衣服包裹它，带走了它。那里面装着
另一个人的一生，有些幸福，有些泪渍
现在只是骨气：有一点点重，有一点点轻
他心情复杂，冒着雨下山
穿过剑麻地，还有一片香蕉林
现在他找到了，他认为是他
最适合安眠的地方。第二天，他来到城市
之后的事情，他可以暂时不管

土地有它自己的脾气

土地有它自己的脾气。

有时，它为我们生长出稻秫，甜而多汁的果子

有时它只长出荒草和荆棘

它长出无用的三角刺随风摇摆的野麦子

它长出江河流经一个又一个村庄

它为我长出了你

那些死去的因此又一次活过来，重新生长

奶　奶

她是被风吹老的
牙齿一颗一颗，掉落在秋天的泥地上
却不发芽。她猫着腰睡觉的样子
多么像是一张蓄势待发
但丢失了箭的弓
她无力起身，说话语无伦次。“你是微微。
聋子做的豆腐花好吃。你是那个
三十岁死了男人的寡婆子吗？”
脑子仿佛麻绳缠绕，如此
混乱，无法认出她的亲人
深冬的窗户敞开着
风呼呼地灌进来。“你看，死了的人在哭，
来找我了。”她端着海碗吃面
张着空洞的嘴咀嚼，鼻子眉毛上
沾满浓稠的面汤。饥饿似乎无足轻重

吃和睡成为必须的形式
她计较生死，喜欢彻夜开着灯
“我怕黑，怕那边的人，提前来接我……”
矜持是很久远年代的事情
我的父亲，正为她烘烤着尿湿的棉被
“谁在我床上泼水？我生好火，
你们这些瞎眼人，又弄熄了它……”
她企图还原破碎的记忆，想要借助生命里
最后一点力量，踩在她曾踩过的土地上
她用力地甩了甩脑袋，这使我相信
她又恢复了神采奕奕
当我搀着她，她转过身来看我
“你是那个种桂花树的人，记着
给我留着花粉好酿蜜。”

发　言

那些枝蔓一直延伸到了屋顶
最后遮蔽了天空
我走进亚麻地。我看见了褐色的麻花
印在我的粗布纱上。在十一月的露水中
灰色田鼠叼去了我的清晨

但我只告诉你生活的冰山一角
我嫌自己表达得足够多
而侵犯你的想象
如果我曾经喋喋不休
请原谅，那是我遭遇了低谷
一旦我走出这片荒地
我对生活的发言，将惜字如金

父亲来电

出现在手机屏幕上的父亲
看起来好像是一个永远保鲜的人
那是2017年，他从电话里
向我倒出自己的隐忧：
未修好的房子，土地上的债务，衰老
疾病以及明天的去处

我一声不吭地听着
像一只灰色的编织袋，空着双手和将来
如果我开口安慰他，我怕说出的
会变成黑暗中的回音
会将他转交给我的无助，无形中放大数倍
因此我沉默着，直到他——

转移了话题，他问起我弟弟
二十年前他惩罚他，提起他的双脚
弟弟悬空倒立，双手乱抓着空气
他恐惧的，无助的尖叫声
现在终于变成了我的——

引　力

黎明时，我感到大地有一种
比平常更为强烈的引力。在我的脚心
微风吹动时，被一个无形的磁场
吸附在原地。壁虎粘在
墙壁上，对应它的磁场在，墙的另一面
供我们无穷想象的地方。
恰好在那时辰：昼夜连接，星辰隐去
光线迎合着我，内心里升起一股狂热
一块玻璃的背后
一阵龙卷风。从一扇门移到
另一扇。洗衣房的女工
将两件衣服，洗好的，交到顾客
手上，并露出迷醉的笑容

他的手使一盆水升温

风知道这一切：支撑好的画架，随意
扔在地上的颜料盒，散乱、未来得及
整理的储物柜，旧日子
他抛掉烟头，首先在画布下方画了一条水源
屋子里立即水声潺潺。他弯下腰
又在画布中央画了一片草原
斜吹着的风，使草们往一个方向倒伏
接着他又画了一个女人的背影
他眯缝着眼睛，端详了一会儿
点燃另一支烟。最后他在画布的右上角
画了一个太阳，屋子里顿时蓬荜生辉
他扔掉画笔，把手浸入一盆水里
他感到盆里的水慢慢升温，上涨，溢出
渐渐淹没了他和他的画室

清 晨

这个清晨显出宽广的宁静

葡萄架在风中扇动着叶片，果实已被收走
三只麻雀，各占据一根电线。偶尔，
它们起飞，或停落。有时经过我的心空
我想念那块石头，躺在路中央
晶莹，来历不明

我怎能哭泣，面对这个清晨宽广的宁静
缓慢走动，阳台上吹着风
我的孩子，脸上挂着昨晚的泪痕
他的小手、一小片饥饿
停在我的乳房，尚未醒来

木　匠

他占有一堆好木料。先是给生活
打制了一扇光鲜的门。那时他很年轻
他走进去，锯榫头，打墨线
哐当哐当，又制了一张床
他睡在上面，第一年迎来了他的女人
第二年他的孩子到来。第三年
他打制了吃饭的桌子，椅子，梳妆用的镜台
他把它们送给别人。之后
他用几十年的时间
造了一艘船。“我要走出去，这木制的
生活……”他热泪盈眶，准备出一趟远门
然而他的双腿已经僵硬
他抖索着，走到月光下。这次他为自己
制了一幅棺材

一年后，他睡在里面
相对他一生制造的无数木具
这是唯一的，专为自己打制
并派上用场的

渐　变

她们将他绑在自己的舌头上，偶尔咀嚼
有一些遥远的夜晚，她们把他放在
一扇玻璃门后面，给那
茫然的陌生人。她们喜欢
故事的存在，或发生。
躺在午后的树荫里，她们回忆起
秋天的时光。他的夜晚。很快消逝
两个新鲜的孩子，从昨天
以光阴的速度取代了他

空缺之诗

雨水、沼泽和水草，渐渐取代我们的膝盖
我们想起某桩往事并亲自
到那儿践行：将突兀的岩石扔进密林中空缺
的洼地，用土块填平
然后我们隔着土，使劲踩那岩石的
喉结。其中一人脱掉帽子，盖在岩石曾经
矗立的地方，退至一旁。仿佛
在举行一场葬礼，为我们浅薄的婆娑
葬了多余的枝蔓。剩下一抔土，需要自己盖上
还得花费时日与精力。我们走动，脸庞因为
缺水而浮肿。太阳如同搬运工
将五个人的阴影，从那儿搬到这儿
但我们毫无知觉

我有一列火车

就让它这样开下去
开到你想要去的每个地方。永远
不要停。它带动的每一阵风
它哐哐哐的每一声喘息
都要固执地抵达你，你的
清晨和夜晚。是的，我有一列火车
它不会拐弯，不会闹脾气
它会陪着你一起年轻、衰老
它就这样往前开，开着开着
就会慢下来。它身上的油漆
一片一片脱落，变得
谁也认不出它来。它身上的零件
也一件一件锈蚀，松动，直到它
再也发不动时间的马达

那时，你会不会在

某个荒野的小站旁

开个修车铺，门上写着：

修理各种车辆，包括火车

正是如此

她命令她的想法在某个确定的
时间停下来，如同苍穹熄灭。
半个世纪削去一半，或足够一墙乱草长出的
无数个雨天，将没有什么人
从她身旁走过。而金银花丛和她的额角之间

就要升起一片阴影。在墙的后面
一个带着艾叶气息的男人来了——
他的身上，一团火焰，冬天的风从中间将它
犁开。现在，那像春耕的水田一样隆起的
火焰，两团，开始盲目地上升，散开
她的额角迅速明亮，又黯淡下去：

一个深坑的存在

今天是安静的

鸽子从广场起飞，时光是安静的
它们衔着地上的面包屑，面包屑是安静的
它们经过我，落在我肩上，啄我发
今天所有聒噪的人，都压低了声音，是可亲的

在一大片雏菊当中
我又活了过来，今天，它们是安静的
还有更多的事物，我平常忽略的，原来它们
都一一在我身边，在午后，寒冷的空气里
它们成全过我的繁盛，衰落，今天更是如此

梭罗邀我去湖边耗散时光

梭罗在湖边建好了小木屋，他从康科德镇
发来电报
问我是否愿意
离开城市去湖边，像他一样——
渔猎，耕种，漫游与沉思

他有一颗自由的心。有犁铧，捕鱼器和
湖光山色。整个瓦尔登湖是他的，天地是他的
也是我的，他邀请的客人的

冬天他在炉子里生火，烤面包
凿开冰面钓狗鱼。玉米地里摘来马齿苋
梭罗内心有只土拨鼠，从田间
蹿到地头。蹿到某个寒凉的早晨

他的桌子上。他读一本《伊利亚特》
翻到第三页，雾就会从林子里奔出来

他做一本简朴生活的明细账：
心获得全部。全部的
我想了想，便在一首诗里
计划好了行程：从南宁到马萨诸塞州，到
康科德镇，到瓦尔登湖。只需四秒钟
给我四秒钟的行程，我便是
天与地的素心人。作为回报
我想给梭罗带去尘埃
相对于喧嚣之外的世界，尘埃是我唯一的礼物
我还将带上我自己，这么沉，这么暗
给大地一丝阴影。大地需要这些

想走到沙漠深处

低头默默地走
想走到毛乌素沙漠的深处
走过骆驼身边时
阴影遮住了我

沙丘上的波浪
一直延伸到天边
过不了多久，我的脚印会被风抚平
纷扰的生活
会因为一场风沙，变得平静

集装箱房子

亭子码头的装卸工纷纷走下船舱
在河边拍打身上的灰尘
有一个头上沾满草籽
远离了同伴
他停下来看了看江面，点燃一支烟
路灯下他的影子
像一件揉皱的衣服
摊在大地上

他抽着那支香烟，经过了水位观测站
公共厕所，小卖部，家庭旅馆，成人用品店
最后，他走进一个白色集装箱房子
里面亮起了灯

去渤海的路上

那不是盐碱地，是一场薄雪，下在滩涂
再远一点，用词语的局限来描述那片赤红
显然力不从心。那不是碱蓬草，
是一个人在此处纵火
红，覆盖灰白的滩涂，似乎是瞬间的事

但它们吃着苦盐时，并不为我所知晓
牧人赶着羊群，散落在这场火中
它们咀嚼着，吞下蔓延的根茎
苦味，已被这大地的善
和隐忍，一一过滤

幸福和深渊

洁白的河沙堆在江边
形成一排尖顶，仿佛大地上
突起的巨大坟冢
卡车穿梭着，运走了河流
它曾映照和保存我们的过去

那些我们称之为命运的东西
重复在世界的每个缺口
看起来无用的石头，香蒲
枣树根，松果和兰草……
遍布在江洲的每个角落

从来没有人注意到它们
直到有一天，有人用麻袋
带走了它们

走过我们身边时，显得无辜和兴奋

互相掠夺着，人和万物

都在通往幸福和深渊的路上

盐碱地

一个又累又渴的人匍匐在此
衣服上沾着劳作后的薄霜
当他在风中站起身来
大海带着盐粒，重返他的身体

这一切多么神奇
长久地坐在渤海边远望
突然就想占为己有
想随身携带这片盐碱地
在其中装满云朵、虚空、羞愧和诗行
多好的避难所啊，寸草不生
依然给我咸味和依靠

营地日记（节选）

1.星期日

但是他将那明净的绿色火焰绑在了高高
荡起来的秋千上。
柏木林。队列。有壕沟的打靶场。
这陌生的寥廓
正被一种看不见的形式环抱并在其中
绵延。迎向它。既然这开阔保持于一些
可以穿过的屏障里——遥远的
四面长长的墙，和有着硕大树冠的
小树林子

2.时刻

那个眼睛里潜伏着大海的士兵，正收起
菜园子里的黄昏。他经过打靶场

风的队列，就开始不停地集合与解散。
他指挥着一个庞大的不规则阵营
那儿，热气蒸腾。一大锅白灼虾和洋葱
从内部听他的话

有时他忘记了锅里。在蒸气中走神了
一阵离队的风带他去了很远的地方
炊事班班长，那个满脸青色胡渣的人
及时出现在厨房窗口。他抛给他一串铜钥匙
“也许能打开时光之核。”他诡秘地笑着
从我的椅子旁走了过去

3.晚餐的号角声

他们唱着歌儿，用胶水管冲洗厨房的地面
士兵们吃饭的锑碗，照出他们胸前的纽扣
晚餐的号角声已吹过
挨着餐厅的一条长长的水槽旁，忧郁的
水龙头滴着水滴。我触摸过它们，
听见它们潮湿的
回音，正躲在墙角处，慢慢长出青苔和水垢。

歌声的浮力……一片移动的草绿色随号令
集中于某片屋瓦的暗影后，

从他们的步伐里抽出稍息的时间
来贴近生活的柔软：
端起那盘子的两端

4.瞄准

我感到踏实：那气息
从过去守护我。胜过明日

我开始装子弹，推枪匣上膛
用两只眼睛瞄准
喜欢另辟蹊径
这让我确信，一次完美的射击
将从千百个方向到达：不偏不倚

现在，我的食指停在扳机那儿
进入我视野的准星呈十字形。这是
对后冲力的一次祷告：
它咬伤我右边的锁骨，或者它
飞到我的身后去
听着，别动，那一粒子弹已经飞出去了

5.第四天

第四天，我拥有远古铜酒盏般的皮肤

我的脸裸露在太阳光斑点染下的空气里有
麦粒般的形状和疑问
穿迷彩服的人在远处挖一口井
他们浮上尘土的肌肤，看起来像刚出土的文物

而有一片移动的绿树林，从训练场上闪过
其中有我们的孩子们。
他们远远打量那口尚未成形的井，耐心地
但这原始的劳作方式与他们
毫不相干。有一阵儿，他们感到难以理解并
发出瞳孔里的涟漪声
那么，孩子们，请你们再站得近一点儿

6.第六天

生病的孩子，多么像
一棵虚弱的小白杨
清晨，他靠在我的膝盖上，睡着了
走廊里响起年轻教官的脚步声
他将孩子和曙色一起
放在他的肩膀上，然后离开医务室
与他契合的早晨很快刮起一阵风
我紧随其后。为了感激，只需一点点阴凉
挡住太阳从背后伸出的爪子，它金黄

热奶酪那样流动着

孩子的掌心渗出汗

一串子弹头项链掉了出来

它们望着我：铁的一次犹豫

后　记

从路边买回一条鲜活的鱼，放到砧板上时，它奋力的跳跃和挣扎，让我惊惧得手足无措。当我硬着头皮从隔板上取下刀，颤抖着双手朝它猛然一击，像在击打着自身，一瞬间自己的肋骨也在隐隐作痛。鱼“死不瞑目”，瞪着一双无辜的眼睛望着我和我手中闪着寒光的刀子。它眼睁睁看着我取出它的腮，刮掉它的鳞，划开它的肚子，掏出内脏……一点一点地，像掏着自己，这漫长的过程，让我感到那朝我投掷过来的巨大虚空和紧张。将鱼清理干净后的我像个心虚的凶手，虚弱、疲惫，需要在椅子里静静地坐一会儿，然后才可以继续料理家务。

这是我在厨房里的其中一个黄昏。许多个黄昏都如此。我已过不惑之年，说到还在害怕一条挣扎的鱼，听上去似乎挺矫情的。然而，这个庸常的生活场景带给我的情绪与震撼，除了感慨生命被支配的无奈，还因为突然苏醒的疼痛记忆。由此，这个黄昏的厨房里发生的小“事件”，是在那一刻与我的生命记忆相关联的。人与世界万物的命运何其相似，它让我共情，这个场景连同与之相关的记忆促使我将其呈现于文字，而一首诗就是这样到来的。

想想我们经历的，听到和看到的，哪些是可以被证实的生活。雨天和晴天的地铁站有什么不一样；陌生城市的街头、候机室，人群中闪过似曾相识的背影；失眠的夜晚读一本书，书中某个击中内心的词语或段落；沙漠中遇到的一次日落、一根白骨；看到大海翻卷时的泡沫，与一个反复出现的梦境的相似处……不可预知的事物和可能性总在转折途中，等着我们去发现、去感受和思考。它们对我来说意味着什么，对我曾有过怎样的影响和改变，我如何与他人、与世界相遇并建立联系，我在其中所处的位置，这些都是我想努力表达的。我留意到这些人和事然后写下来，是想要寻找其中与我的经历相重叠的部分，或对应我精神中某些元素或情结的东西。如此说来，我们表达的目的在于唤醒自己和自证，在文字中寻求自我处境的认同感。这些人和事为我打开叙述的切口和“现场”。这个“现场”是我和他者在这个时代的集体记忆，它是真实而非虚幻的，是粗粝而非精致的。

诗歌是生活的映照。生活为我的写作提供一种底色和基础，而诗歌也让我的生活变得有期待、有意义，它们之间是反哺与成全的关系。诗歌更是一种全新的发现和命名，发现生活中容易被忽略、被遮蔽的，发现人与世界、人与人、人与自身的关系。尽管所有写作者都试图让自己保持写作的清醒和永恒创造力，这理想却未必能轻易实现。时常会对自我的深渊感到焦虑：我能写多久？我对语言可以一直保持探索和变化吗？我能经常发现事物的秘密并找到自己的声音吗？不断质疑自己，是为了更好地修正自己，建立在写的过程中的信心与动力。

我想写出自我的生命处境，最后发现我们每个人都身处困境。我们自认为身陷囹圄，在他人身上同样存在。智慧或愚钝，幸运或受挫，物质或精神，开阔或局限……万物都在时间的设计中，而人更是生来处于困境（尼采）和生活在矛盾之中。这种困境与矛盾是诗歌应该呈现和深入的，在一次次写下那些文字的过程中，去抵抗内心的孤独、疼痛和现实。而要表达这种复杂的关系、差异和情绪何其艰难。在有限的语言范围之内，我只呈现了如此微小的部分。

陆辉艳

2022年2月于南宁